Ludwig Weibel
Zelebration der Geistgeburt
Mondial soll dein Verständnis werden

Books on Demand

Bibliographische Information der Deutschen Nationalbibliothek
Die Deutsche Nationalbibliothek verzeichnet diese
Publikation in der deutschen Nationalbibliographie,
detaillierte bibliographische Daten sind im Internet über
http://dnb.dnb.de abrufbar.

© 2015 Autor: Ludwig Weibel
Herstellung und Verlag:
BoD – Books on Demand, Norderstedt
ISBN 9783738614275

Ludwig Weibel

Zelebration der Geistgeburt

Inhalt

1

Eine Woge junger Generationen

1.1

Wer sind die Kommenden, wenn nicht *die* längst vergangen sind in ihrem Glanz und ihren Nöten. Es baut sich eine Woge junger Generationen auf aus lauter wiederkommenden Geschlechtern, die das Rad des Weltenschicksals weiterdrehn. In diesem Sinne seh Ich, wie die Myriaden Lebensströme sich im Diesseits pausenlos vollenden, indem sie wesenhaft und wach ins Geisterreich hinüberwallen. Da gilt es nun zu sichten, was im Weltenleben vorgegangen war, um daraus neue Pläne für die Zukunft zu gewinnen, die da heisst: Geburt und Abschied, Neugeburt und mähliches Erwachen einer Einsicht in das Wesen der Unsterblichkeit, das Sein, dem alle Weltenbürger unbedingt und unerschöpflich zugehören.

Hast du das zutiefst begriffen, schaust du deines Schicksals Labyrinth und Lichthof mit ganz andern Augen an, denn was sich in dir ewig fortträgt, hat naturgemäss gloriose Ewigkeitsdimensionen. Du Bist und bist nicht mehr dem Zeitbegriff verfallen. Dein Bewusstsein *ist* und ist in Mir und hat das Räumliche verlassen, um das reine Sein in Seligkeit und Wonne, Heiterkeit und Unbeschwertheit zu erleben.

Das Filigran der Hoffnung auf Erhabenheit und Willensstärke, Sinn- und Denkkraft hat sich dir erfüllt und eine nie gekannte Euphorie der Friedefertigkeit und Harmonie durchströmt dich im Bewusstsein der All-Einigkeit mit allem, was da *ist* und, seinen Schmelz gewahrend, Lebenskraft verflutet.

1.2

Mobilität ist angesagt im Reich der Sterne und Planeten. Jede ihrer Touren ist dabei exakt von Mir befohlen und geführt, beschützt und unterhalten. Nicht vom Toten, sondern vom Lebendigen her Bin Ich am Werk und Wirken, Bin Geleit, Gutmütigkeit und aller Freude Katapult im Wunderbaren. Was Edelmut gebiert, will Ich dir sagen: Sehnsucht nach Erkenntnis der gediegenen Gesetze, die die Welt rotieren und Terrain gewinnen lassen. Dehnt sich alles aus, so muss auch neuer Raum geschaffen werden, zieht es sich zusammen, wird der Raum gekürzt gedankenschnell und synonym in wunderbarer Übereinkunft mit der Stärke Meines Willens, Meiner Siegestat.

So kommt, was kommen muss von Mir und kann nicht anders sein, als wie von Mir voll Weisheit und Ergriffenheit gegeben. Auch deine schicksalsträchtige Galanterie geschieht in Meinem Schutz und Namen und erfüllt die Forderung nach dem *Ich Bin* in allem, seinspräsent und seriös gestaffelt nach dem Sang und Klang der göttlichen Hierarchie. Ihrem Ruf gemäss entsteht Gewissheit von sich selbst in Meinen Bürgen und lässt sie frei und freier Atmen in der Seinsluft, die Ich ihnen leichterdings zugutehalte. Geschenk von reiner Sympathie Mir selber gegenüber ist das All der Dinge, die da *sind* und sind aus Meiner Geistpotenz entstanden. Ohne Mich wärst du ein Null und Nichts in Meinem Zaubergarten. Mit Mir bist du alles, was du immer sein kannst in derselben Qualität, wie Ich sie unaufhörlich unterhalte. *Sei*, ist die urewige Parole für alles, was da *ist* und eine gute Strecke unter Mir sein Dasein fristet und verzehrt.

Bist du dir deiner selbst bewusst geworden, Bin *Ich* es in dir und hast du deinen Frieden, Bin *Ich* deiner Kräfte seelenvolle Ruh.

1.3

Christi Wesen an des Himmels Hofe, eine Zelebration der Geistgeburt, die Ich an Mir vollzieh in jeder Weihenacht an jedem Menschenwesen.

Wie kommt es, dass erhabene Gedanken und Gefühle deinen Sinn und dein geschwisterliches Herz durchziehn? Weil es die Weihnacht ist, die dich mit liebevoller Geste leis berührt und in dir helle Freude anfacht ob dem weihevollen Hochgeschehn.

Du sinnst und staunst, wie sehr die seelenvolle Herzensharmonie dein Wesens Hof erfüllt und läutert und ihm Schutz gewährt in der verführerischen Vielfalt allen Weltenlebens.

Es ist der Christusgeist, der dich beseligend durchfährt und dir die Stütze bildet für dein Weiterkommen auf der Fahrt ins ewige Gesunden an der Wirklichkeit, die das Bewusstsein von dir selbst verwandelt in ein reines Schauen deiner Geistigkeit im unendlichen Allhier.

Ich wende Mich dir zu in wunderbar befreiender und segensvoller Güte, um die Züge deines Seelenangesichts zu klären und um dir zu helfen, dich vollends im Lichte des Allherrlichen zu sehn.

Was immer du dir denkst und was du innig dir erfühlst, ist von Mir ein beredtes Zeichen der Gottseligkeit in deinem Dich-Verwundern an dir selbst und deiner Fähigkeit, dich an Mich hinzugeben. Verweile lauschend in der Stille des gottseligen Geschehns, das dich mit der Zauberkraft des Ewigen berührt, begütet und erhöht, derweil die Heiterkeit Elysiens sich dir eröffnet und dich wissend, weise und unendlich zart zutiefst bewegt.

1.4

Mangelhaft bewiesen ist gar vieles, was die Wissenschaft der Welt als wirklich vor die Augen stellt im Universenraum-Geschehn. Alles, was sie so erforscht, bezieht sie auf die bei uns waltenden Gesetze und nimmt an, dass diese auch im All der Welten gelten.

Doch siehe, was *Ich* dir aus Meiner Sehersicht erkläre, hat bereits die Dimension des übersinnlichen Erkennens der gesamten Weltensituation. Was da kommt und geht, ist immer Meinem Einfluss, Wohllaut und Gewitter unterworfen; Strecken -deren Krümmen und Gerade- sind exakt von Mir befohlen und getan.

Es stilisieren sich in Mir die Seinsverhältnisse zu unumstösslichen Realitäten, die nicht dieses oder jenes offenbaren können. Alles muss in Meiner Hemisphäre so sein, wie es ist, in Seinswahrhaftigkeit und allerwirklichstem Befinden.

Du aber, deines Zeichens Mensch, bewegst dich dauernd auf dem all so glitschigen Parkett der Illusionen. Gefall Ich oder fall Ich, musst du dauernd in der Kritik dessen, was du sinnend dir zurechtgelegt, erfragen. Zwar lebst du, kannst jedoch das Tote nur beweisen, was dann eben nur ein Teil des Ganzen ist und, seiner geistigen Dimension beraubt, den Forscher in die Irre führt, weitab vom Seinsrealen.

Tust du dich auch schwer mit deinen Illustrationen, Bin Ich stets bestrebt, dein Wissen von dem Wahren aufzuhellen und deiner Selbst- und Welterkenntnis Zack- um Zacken beizufügen. Das ergibt allmählich die begehrte Krone der Allherrlichkeit, von der die Meisten träumen, jedoch keinen Deut davon erkannt und in sich eingemittet haben. Was du Bist, sollst du in einer götterlichten Weltenschau erfahren und was *Ich Bin*, erfährst du wunderbarerweis in dir.

Denn die viel ersehnte Gottheit lebt und webt und ist in dir Substanz und Wachheit, Selbstbewusstsein und manierliches Betragen. Nicht das Häuchlein einer Chance hättest du zu überleben, wenn Ich nicht dein Pendent, Manuskript und Merker wäre, der dich kräftigt, kuratiert und fördert, unentwegt dem reinen Sein entgegen. Das ist dann die Entlarvung des Theaters, das du dauernd spielst, und ohne es zu wissen, es ist die Fülle nach der Leere deiner Iterationen und die Stärke nach dem Serbeln über ganze Leben hin. Weide dich an dem, was Ich dir Bin und weide dich an dem erhebenden Gedanken, dass du Bist und immer sein wirst in der Wonne des Erhabenseins der schöpferischen Qualität, wie der Bestimmung, die du, endlich seinsbewusst, erlangt hast in des Hierseins Glorie und freudenfestlicher Allüre. Als Heiliger und Seinsverklärter darfst du dich im Buch der Weisen inskribieren und zugleich daraus die rechten Schlüsse ziehn für deine Heimkunft ins Unendliche und Neuplatonische der Himmelssphären. Majestätisch und verschwiegen wirst du feiern ohn' Unterlass, was du schon immer warst: Mein Ideal und Meisterstück, Beginner und Vollender seelenvoll und ewig heiter in der Gunst und Kunst Elysiens.

1.5
Respektierst du Meiner Züge Glanz und Kapriolen, bist du ein gemachter Mann an Meinem Hofe. Bei Mir eingeschrieben sind die Gottverständigen für alle Zeiten und Begebenheiten und sind innig dazu eingeladen Meine Rechte, Risiken und Ebenbürtigkeiten zu studieren und gebührend anzuwenden in des Lebens Operettenstil.

Mondial soll dein Verständnis werden, derweil auch *Meine* Günste, Güter und Bastionen weltweit vor dir ausgebreitet liegen. Nicht umsonst hab Ich Verbindungen rund um den Globus aufgetan, damit dir vieles von dem, was sich darauf abspielt, in no time präsent wird, genauso, wie es auch bei Mir vonstatten geht im Zeitenlosen.

Was mag wohl den Unterschied bezeugen zwischen dir und Mir, magst du dich füglich fragen? Nichts, sofern du innig und erheblich, erblich und final erkannt hast, wer und was du Bist, als Preziosum und Historikum in Mir. In Meinem Weltenglockenstuhl läut Ich dir feierlich und frohgemut den Frühling einer neuen Zeit von wohlerwognen Eskapaden ein, die Ich in Meinem expandierenden Besitztum unternehme. Was immer sich erweitert und vertieft, vollzieht sich sinngemäss in Meinem güterreichen Umfeld, dessen Pol Ich lauschend, liebevoll und wacker Bin seit eh und je in Meinen filigranen Erdentagen.

Zudem aber reichen Meine pittoresken, myriadenfältigen Verästelungen überall hin, wo Ich Bin, in seelenvoller Einfalt, wie in verwirrender Komplexität von Meinem universengeistigen Gefüge. Wachmut, Sachmut, Edelmut und Sinnkraft führen Mich gebührend ein, um Mich in ständigem Agieren vom Erfolg zum überragenden Triumph zu stilisieren.

So ist alles an Mir völlig unbescholten, machtvoll, licht, bewundernswert und schön. Ganz unbesorgt und heiter leite Ich in allen Regionen Meines Mir-Bewusstseins jene Operationen, die Mir schliesslich universenweit Bewunderung bescheren. Nimm es Mir nicht übel, wenn Ich recht vertrauensvoll dein Sein in diesen Kontext einbezieh, in dem auch jedes noch so minikrime Aperçu sein Plätzchen, sein Bedeuten und schlussendlich seine Wohlfahrt findet im, von Mir gesegneten, Allhier.

Bade dich im Freundeswort, das Ich dir hier geflissentlich serviere, sag Ich dir und werde rein von allen Unbekömmlichkeiten, die dich gauklerhaft umspielen. Meine Züge sind unendlich friedevoll, wahrhaftig und gediegen und passen haargenau in das erhabne Weltbild, das Ich allen Seinsgetreuen mild und wild, verwegen und beschaulich, meisterlich und graziös vergebe. Nimm es hin und *sei* und sorge dich nicht mehr, denn was Ich ewig Bin, ist wie mit Feuerschrift, geziemend, heilig und salut auch in dein Herz geschrieben. Dir eröffnen will Ich seiner Wunder Pracht und dich damit beglücken, aufrecht, tatenträchtig, simultan, freimütig und erhaben.

1.6
Was operierst du da an einem schwer betäubten Menschen, die für krank erklärten Teile, rigoros heraus? Hier geb Ich dir zu wissen, dass diese Teile alle Mir gehören, ebenso wie auch der so wunderbar gelenkige und attraktive Leib, den Ich zur Wohnstatt der geheimnisvollen Seele auserwählt, erfunden und geschaffen habe. Ich schaffe ihn noch heute, ohne dass du's wissen kannst, in seiner ganzen, üppigen Mechanik, Selektiertheit, Sinnenfälligkeit und Harmonie. Er *ist*, weil Ich ihn Bin, derweil du wähnst, er habe aus sich selber sich erschaffen.

Nun gut, die Seele, wie den Geist, der dich beseelt, magst du fein säuberlich und individuell für dich behalten. Doch wirst du spätestens, wenn sich die Leibeshülle von dir löst, erkennen, dass dein Ich, wie du es nennst, genau das Meine ist im All der götterlichten Funktionen.

Ich sage dir dies alles, um dir gütlich aufzuzeigen, wo du stehst und ebenso wohin du gehst von deiner

Einsamkeit in Meine Fülle, von der Ich-Beschlagenheit in Mein allherrlich weitgedehntes Seinsgewissen, dessen Inhalt Universum heisst und dessen majestätisches Geflimmer Ausdruck ist des allumfassenden Genies, das Ich verwalte und erhalte, nimmermüden Brauchtums, hocherhabnen Spekulierens und verehrungswürdigen Bestehns.

Ich Bin Mir selber lieb und gut und habe von Mir niemals auch nur einen Deut zu fürchten, weil Ich allezeit das Allerhöchste Bin, das *ist* im Gleitflug zu den abervielen Regionen Meines Seins im Wirken, Stimulieren, wie im liebevollen An-Mir-selbst-Vergehn.

1.7

Raum und Schweigen sind der Inbegriff des Guten, das Ich in Mir seh; wie Spreu im Wind verflogen sind die Benedeiungen des Tages, derweil schon neue, unbekannte, strahlend vor Mir auferstehn. Was geschieht in dieser Dichte des Erlebens? Weltenseligkeit will Ich begeistert nennen, was Mein ruhendes Gemüt durchzieht und was Geruhsamkeit und Wonne zeitigt in dem göttlichen Verfahren, dem Ich vollends unterworfen Bin. Nicht eigensinniger Künste Kür kommt auf in dieser benedeiten Situation der Geistesschau, von der Ich fasziniert Bin und zugleich in alle Himmel aufgehoben. Das Prinzip der Unversehrtheit und All-Ewigkeit hält Einzug, Hof und silberhelle Wohlgefälligkeit in Mir, von der die Sinne durstig und gehörig zehren.

Nicht lieblos will Ich sein, wenn Ich dies Glück dir gegenüber schlicht und seelenvoll erwähne. Vielmehr ist markantes Wohlgefühl dir gegenüber mit im Spiel, wenn Ich Mich all so offenbare.

Melancholie der Hoffnung auf ein höheres Erleben mag dir denn zuvörderst im Gemüte stehn. Die will

Ich liebeskräftig unterstützen, dass sie Blüten treibe und Bestätigung finde in der Lebensfreude, die dich neu von Mir beseelt. Lass es dir angelegen sein, auf das zu hören, was *Ich* dir innerlich und inniglich bedeute, denn es rettet dich ins ewige Erlaben und Erstehn. Vertrautheit mit dem Sein ist dir vonnöten, damit Beständigkeit und Wohlgestimmtheit dich erfülle, klar und heiter, als ein Sakrament der Seligkeit in Meinen Gründen, wie in Meinem delikaten Wonneschwingen.

1.8
Wachsein heisst, die Dinge deiner Welt mit andern, seelenvollen Augen anzusehn. Die Sinne schweigen, doch der grosse Wächter in dir hält die Augen offen und bemerkt die Leiseste der Rührungen, Empfindungen und Wechselwellen des Gemüts, die dir Bedrückung, Heiterkeit, Befreiung oder Knechtung bringen.
Du lässest dir von Mir erklären, was du Bist und blühst in Freuden auf ob dem, was du vernimmst in wundersam bedeutungsvollen Zügen. Es öffnet sich dir eine Welt von überirdischer Betriebsamkeit und lichterfüllter Schöne. Du siehst es ein im Staunen und - vergisst es wieder. Du weisst es doch und badest dich im Reichtum, der dich überfährt. Das ist nun Meiner Gnade Tau und Meines Tauens Dich-Befrieden in des Seelenseins glückseligem Revier. Was sich dir von Mir eröffnet, ist exakt dem Zustand angemessen, den du dir in generationenlanger Zeit errungen hast voll Verve, Entschiedenheit und Treue zu dir selbst - und deinen Nöten.
Ohne dass du's wusstest, hab Ich dich voll Zartheit, Sanftmut und Behutsamkeit umfangen und geführt und habe dir den Weg gewiesen zu all dem, was du endlich dir geworden bist in deiner

Lebensstrategie. Da darfst du künftig unbedingtes Seinsvertrauen in dir hegen mit dem Seelenblick auf was *Ich* in dir Bin und was Ich lächelnd, strahlend und gewinnend dir bedeute. Ich stilisiere dir zur Leichtigkeit, was vordem schwer belastend schien. Ich öffne dir die Türen zum Verständnis dessen, was dein Sein betrifft und was dich unbefriedigt lassen will an deinem Tun und Streben. Nicht du hast zu entscheiden, was dir frommt, denn Mir allein obliegt es, durch dein Menschsein den Weltenwillen aufrecht zu erhalten und die Wesen alle der Vollendung zuzuführen. Mach dir keine Sorgen ob dem, was mit dir geschieht. *Sei* und singe deines Gottes Lob aus Herzensgrund und Überzeugung, Liebe und Bewunderung, Dankbarkeit und Grazie am Hof der seienden Gewalten.

Gerade du bist Meines Wohlgewogenseins Idol und Meiner Stärke Brauchtum an der Stelle deines Wirkens und Bestehns. Wolle nichts, als was *Ich* will in dir und horche still in dich hinein, um alles zu erfahren, was dir zusteht und was deiner würdig ist im Seinsverfahren.

Weide dich an der Holdseligkeit, die Ich dir freien Sinns gewähr und sprich das grosse Amen über dich, geradeso wie *Ich* es über aller Welt und allen Daseins Wunderwerk und Sinnkreis rezitiere.

1.9
Auf den Punkt zu kommen, ist für Mich ein Leichtes, das Relevante stell Ich in Gedanken klar und kräftig vor Mich hin und setze Mich mit ihm in loyaler Art und Weise auseinander, bis der Lösungsansatz Form gewinnt und sich als gut und machbar präsentiert.

1.10

In diesem Augenblick geschieht unendlich viel in einer Welt der Drangsal und Verführung, der Erhabenheit und Geistesstärke, des Parierens und Das-Leben- recht-Verstehn. Es wird, was werden muss und driftet ins Abseits, was nicht mehr fähig ist, sich in dem Strom des eleganten Bürgertums zu halten, rastlos und entschieden.

Meine Sendung ist, dem Volke aufzuzeigen, welche Vielfalt an entzückenden und - desolaten Wegen es beschreitet, auf denen es selbander mit gerissenen Verführern in die Irre geht in seinem wunderlichen Streben. Da gibt es denn nur wenig zu erklären, dagegen aberviel zu tun, ob Meinem Duktus und Befehl, rechtschaffen, tolerant, barmherzig und geliebt zu sein im Weltenplan und seinen Iterationen.

Legionen von Vasallen Meiner Kunst zu sein, sind nicht imstand zu wissen, was sie tun, derweil sie sich den lieben langen Tag auf Trab erhalten. Sie kennen nicht den Wert des Seinsbetrachtens, aus welchem wunderbare Klarheit und Gewissenhaftigkeit hervorgehn, Lebenstüchtigkeit, Erhabenheit und mählich auch unendliches Begreifen.

Was Ich hier meine, sickert im beglückenden Betrachten wunderbarerweise ins Bewusstsein deiner selbst, um dich zu Mir und Meinem Reich der Fülle und Gelassenheit emporzuheben. Es soll dir klar und offensichtlich werden, wie viel Charme und Glorie darin besteht, Mich anzuhören, um im Räderwerk der Zeit galant und gütig, regelrecht und froh in *Meinem* Sinne aufzutreten.

Nicht vergebens rufen dir die Seinsverklärten „Gott mit uns" entgegen, denn sie haben inniglich erfahren, welche Tröstung und Erbauung darin liegt, sich ganz auf Meine Seite und Symbolik, Mein Verfügen und Gewährenlassen, wie auf die Seite

Meiner Göttergunst zu schlagen. Damit mag mit dir geschehn, was immer will, du stehst in Meiner Obhut und in Meinem sehnlichen Verlangen, Meine Bürgen vor Gefahr und Unbill zu bewahren, wie ihr Befinden in die Hemisphäre Meiner Götterlust zu ziehn. Das ist dann die Vollendung Meiner Strategie des Aufbaus, der Begütung und Beglückung Meiner Lieben, die den Pfad der Güte, der Entschiedenheit und der Bewunderung der Gottheit gehn.

So unbescholten und glückselig, wie Ich Bin, soll auch der Tross der Seinsverwandelten und Siegesläufer werden, die in Mir ihr Ziel und ihren Ankerplatz, ihr Sinngedicht und ihre Ruh gefunden haben. Ankunft macht das Leben süss und ausser sich vor Wonne und Entzücken. Sein bestätigt, was Ich wollte: Wohllaut wonnevoller Harmonie, Gottseligkeit und wissendes Gewahren, der Ich-Bin-Natur im Zustand des Dich-selbst-Erkennens, wohlgemut, verbindlich, lobesam und seelenvoll in Mir.

1.11
Die Lebensdinge zu durchschauen geh Ich aus und kehre davon, reich begütet und befrachtet, wieder. Es hat sich Mir ergeben, dass Ich dazu auserwählt, berufen und befunden bin, im Sinngehalt des Seins zu leben und Mich zu Mir selber zu erheben, wirkungsvoll, wahrhaftig und global.

Eine Woge der Begeisterung am Aufbruch und Gewinnen trägt Mich himmelan und leitet Mein Befinden zur Gottseligkeit in langgedehntem Über-Mich-Verfügen.

1.12

Die Gutheit Meiner Züge ist Legende, Meine Unverwundbarkeit ein treffliches Idol. Was tust du so, als ob du Meines Wesens Kelch und Sitte kenntest, derweil alles, was du äusserst, nur von dir kommt und von *deinen* Neigungen im Guten, wie im Desolaten, im Tatendrängenden, wie im behäbigen Juhee.

Nun sieh du zu, wie du das Unbotmässige an dir verändern und vergüten kannst zu deinen, wie zu Meinen Gunsten, damit dir wohl und heiter wird ums Herz und deine Freudenpulse mächtig höher schlagen. Dabei greifst du, wenn du Mich nicht kennst und nimmer Meinen Namen nennst ins Leere. Nur wer tapfer und beständig nach Mir sucht, wird Mich auch finden. Und wer Mich über alles stellt, dem Bin Ich zu Gefallen und vermähle Mich mit ihm im Herzogtum der Zeiten, wie im Zu-den-Sternen-Gleiten im bewusst gewordenen All-Hier.

Mein Vermögen ist bis ins Unendliche gespannt und angetrieben. Meine Wachheit gilt ohn' Unterlass den Aberräumen, die Ich Mir erschuf. Also denn: Was setzest du gutgläubig und entschieden ein, um Mich allein für dich und deinen Hofstatt zu gewinnen? Alles, ohne Wenn und Aber muss es sein, damit die Fülle in die Leere sich ergiessen kann und nichts und niemand dir entgegensteht in deinem Dich-Verwundern.

Wer Mein Heil gekostet und geprüft hat, wird kein anderes mehr wollen. Wer in *Meinem* Sinne auferstanden ist, steht auf der höchsten Stufe, die nur der erreichen kann, der völlig losgelöst und lauter, liebevoll und unermüdlich seinen Dienst an Mir und Meinem Weltenwerk versieht, ohne nach dem Lohn dafür zu fragen.

Lässt du dich so an, so lasse Ich dich vollends in Mein Reich und Meinen Reichtum treten. Aller

Worte bar, besingt dein Herz die Wonne und den Wohlklang des Gerechtseins, den es in sich spürt. Ununterschieden von Mir ist dein strahlendes Bewusstsein im Erkennen, was du Bist und was dir ewig frommt in der erhabenen Glückseligkeit und Makellosigkeit Elysiens.

1.13

Gezählt und ungezählt ist bei Mir ganz dasselbe, weil dem Unendlichen derselbe Blick auf alles, was da *ist*, genügt. Ich straffe, was zerstreut ist, sorgsam, wie der gute Hirt, in eins zusammen und unterhalte die empfänglichen Gemüter mit gelehrten und gehörigen Parolen, die ihre Seinsmoral entschieden und gekonnt vergüten wollen.

Mehr muss es nicht sein, als was gerade Not tut, um den gewünschten Zweck gehörig zu erreichen. Merk dir das und fülle deine Taschen nicht im Übermass, weil sonst verdirbt, was sich vordem als gut erwiesen.

Ich läutere mit wohlerwogner Sinnkraft, was zu läutern ist im Pulk der wogenden Gemüter und verwerfe das Verwerfliche in deinem rigorosen Streben. Daraufhin lädt es Meine bittende Gebärde dazu ein, Meinem Vollblut tatenträchtig und galant zu folgen, um der Weltenanmut Willen, die sich aus der Folgsamkeit ergibt.

Das ist nun die Weltenlage, in die Ich dich und damit Mich gebracht, und fühlst du dich durch sie erhoben, ist der Zweck erfüllt, den Ich ihr zugedacht.

Nun trennt dich nichts mehr von den Deinen und damit von Mir, der Ich im Lichte des Allherrlichen throne. Alles ist Mir richtig und bewundernswert, vollzugsbereit und überschwänglich schon im Keim gelungen und in der Fülle der Vollendung noch viel mehr. Ich Bin Mir Meiner selbst gewiss, bewusst und bühnenreif geworden für den Auftritt im äonenlangen Spiel der trefflichen, durchtriebenen und virtuosen Charaktere, die da *sind* und sind von Mir gesponsert und mit Würde angetan.

So ergibt sich, was sich zu ergeben hat, in Meiner universenweiten Willfahrt und Bravour, Wahrhaftigkeit und Tugend. Ewige Jugend, Unverbrüchlichkeit und Tatkraft sind von Mir und lassen nimmer sich verbiegen. Welches Glück für jeden Meiner Bürgen, Mich zu sein und das auch zu erkennen in der Morgenröte des Befolgens Meiner Spur. Sie bringt dir Hoffnung und Genesung, Lebensliebe und Erleuchtung in der Heiligkeit der Geistessphären. Was du so begehrtest, gibt sich dir und was du Bist, ist reine Wonne und Glückseligkeit im Himmel der Gerechten, ausgebreitet in den lichterstrahlenden Azur.

1.14

Souverän und sinngeladen, beispiellos und lässig zieh Ich Meine seinserhabnen Kreise und verbürge Mich in allem, was Ich Bin, als lebenskräftig, gläubig, schlicht und wahr. Resonanz von höherer Natur ist keine zu erwarten, weil Ich selbst das Höchste Bin, das man sich denken kann und das gefühlvoll und geschickt agierend Seinstriumphe feiert, ohne je an Kraft, Genie, Empfindsamkeit und Geisteswürde zu verlieren. Majestätisch und gekonnt bedeute Ich Mir unbeschränkte Regsamkeit im meisterlich gestalteten Allhier, in jedem Gran, Partikel und Majuskel Meines Welterscheinens.

Demnach Bin Ich dich und Bin es wieder nicht in dem Mass, wie du selber dich zu sein vermissest nach dem Motto: Ausser Mir ist nichts und nichts ist ausser Mir im hehren Weltgedankenspiel.

Das bringt Mich zu der Frage, ob du wohl verstehst, was Ich hier rechtens meine und ob du restlos dich als Mich erfühlen magst in götterlichten und bezaubernden Dimensionen. Klang vom Klang und Licht vom Geisteslichte sollst du sein in Meiner nonchalanten Weise, Mich vollends an alles zu vergeben, was Ich sein will im gewissenhaften Schöpfertum, dem Ich Mich weihe für und für. Wesenhaft und wacker tret Ich in dir vor Mich selber hin und absolviere Mein gigantisch konzipiertes Plansoll in der Weise der Regenten, Hasenfüsse, Potentaten, Duckemäuser und Phantasten, unbeirrt und unerschöpflich vor Mich hin. Nichts altert, bricht, stagniert und resigniert, wo *Ich* Mich freudestrahlend etabliere, denn Sein bleibt Sein in jeder Phase oder Funktion, die Ich Mir universenweit und tatenträchtig generiere.

Wie auch immer Ich Mich je veräussert habe, werde Ich Mich wieder an das Innere verlieren, das Ich Mir zu allererst und bis auf ewig Bin und bleibe, schlicht und einfach, seinsglückselig und gediegen. Meine Wonne an Mir selbst ist Legion und Meine Tiefe, Daseinstraulichkeit und Seelensicherheit ergibt sich aus der Weise des Verklärens, die Ich Mir bewusst und voller Gleichmut angedeihen lasse. Gut ist etwas, aber Herzensgüte ist viel mehr, mit der Ich alles, was Ich Bin, in liebevoller Weise überstrahle.

Geh in dich und finde Mich, will Ich dir ständig sagen. Verteile dein Bewusstsein in das All der Dinge, Geister und Gewalten und erfinde dich darin mit aller Konsequenz und Zartheit, Übersicht, Wahrhaftigkeit und Götterwonne, die dir eigen.

1.15

Verständnis und Entschiedenheit, Ausdauer, Phantasie und Grazie des Himmels sollen dich in Meine Hemisphäre führen. Wo *Ich* Bin, da ist gut leben, denn in allen andern Wirklichkeiten steht dir die Vergänglichkeit und Unvollkommenheit vor Augen. Weiter noch als je kannst du in Meiner Gärten Pracht lustwandeln und dich in ihrer Wohlbekömmlichkeit und Lieblichkeit ergehn. Wie sollte nicht ein unerschütterliches Mehr an Qualität, Bedeutsamkeit und Nützlichkeit vorhanden sein in einem Göttermilieu, wo des Vollendens Kraft und Güte, Liebenswürdigkeit und Sanftmut herrschen.

Regelmässig und gekonnt gewalte Ich in Meinen Gründen und vollführe einen Freudentanz der Wonne und des Feingefühls um Meine Güter.

Eine Zeit vergeht und wieder eine und auf einmal Bin Ich Mir gewahr, dass alles ewig unverändert ist, was Ich Mir Bin und biete als das Sein, aus dem hervorgeht, was nicht ist, vergänglich und verschieden. Ich aber Bin des Daseins Inbegriff und richtungweisende Struktur. Mein Sein ist Weisheit, Kraft, Holdseligkeit und Fülle an Mir selbst auf immerdar. Ich heiss Mich Lichtverströmen - und alle Welt damit verwöhnen. Herzensmelodie Bin Ich für alle Lauschenden, wie die Manierlichkeit des Himmels für die Einsgewordenen, Erhabenen und Heilen, wunderbarerweis in Mir.

1.16

Mein Bild im Herzen, trägst du dich vertrauensvoll voran. Was führt dich durch die Jahre, Leben und Unendlichkeiten deines Daseins, wenn nicht einer, der da *ist* und dich beim Namen nennt und dich umflüstert allezeit, als eine Wucht und Grazie, Bewusstheit und Gewieftheit ohnegleichen, also

Ich, der wahre, wissende und weise, unbescholtene und silberhelle Klang von eignen Gnaden. Rührig bist du anzusehn in deinen kunstvoll hergerichteten Gemächern, als das Nonplusultra der Geschmeidigkeit im Rechnen und Regieren, Richtigstellen und Rabauzen um dich her. Das gibt ein Bild von einem, der hinauszog, um sich zu behaupten und der, schütter und debil geworden, wieder heimkehrt ohne noch den Sinn des Seins im Mindesten erfasst zu haben.

Was Ich dir geflissentlich und bildlich vor die Augen halte, ist ein Netzwerk von Gedanken, die der wahren Welt, wie dir, zum Durchbruch und Erfolg verhelfen sollen. Das bringt beide eng geschwisterlich und farbenreich zusammen, um der Einheit Willen, die da *ist* und seine Ichheit regaliert mit hunderttausend Gnaden.

Mir ist es ein Leichtes, Mich für jeden noch so lockeren und lecker scheinenden Bedarf und Anspruch schadlos und agil zu halten. Was von Mir ist, ist dazu bestimmt dein Budget aufzubessern und dein gähnendes Regal mit Schätzen zu belegen bis zum Geht-nicht-mehr. Mein ist dein, will Ich hier füglich sagen und dich allsogleich mit glücklich machender Bravour beschenken von der Art, wie sie die Gottgelehrten mit sich tragen.

So achte denn auf jeden Wink, Gewinst und jede Wohlbekömmlichkeit, die Ich dir freien Sinns vergebe, zum Zeichen Meiner Gunst und Güte, wie zum Anhalt deiner Dankbarkeit dem Dasein gegenüber im gottgesegneten Allhier.

Wie wahr ist's, dass die Gründe Meines Mich-Beschauens auch dein Wesens Glorie in Mir sehn. Es ist gerichtet und gestiftet in der Absicht, Meines Seins Gefieder massgerecht und minuziös auf dich zu übertragen, dass es dir gestattet sei, in Meinem Sinn und Geist zu operieren und der

Schöpferfreude fabelhaften Ausdruck zu verleihen. Dies ist dir gewährt in liebevoller Art von Meines Freimuts Zug und Zünftigkeit. Es überzeuge dich von dem, was Ich dir Bin, wie auch was du Mir bist, im wunderbar erspriesslichen und sakrosankten, seligmachenden und wonnevollen Seinsgenügen.

1.17

Ich Bin in allen Menschenwelten Animator Meiner selbst und weise Wissender von eignen Gnaden. Der Lockruf Meines Mit-Mir-selbst-Verbundenseins erschallt im Geistraum Meiner All-Präsenz und hallt von allen Enden Meines seelenvollen Mich-Begütens wieder. Es erweist sich als gegeben, dass Mein Metier im vollen Selbstgefühl besteht, das Ich in evolutionenlangem Reifen und Mich-selbst-Erzieh'n entfalte. Das Dingfestmachen dieser gottesfreundlichen Allüre fordert alle Kräfte Meines Seins und Sinnens bis aufs Äusserste in einem fabelhaften An-Mir-selbst-Erwarmen.

So ergibt es sich, dass sich die Herzensliebe anschickt, alles zu erfassen, was da *ist* und allen Wesen den Instinkt zur freudigen Vereinigung mit Mir zuinnerst zu vergeben. Nur Ich kann wissen, was es auf sich hat, so herzensgut, wohlwollend und intim zu sein mit allem, was von Mir geschaffen ist, in brüderlichem Einverständnis mit Mir selber in den Meinen.

Ich allein kann Mir erlauben davon überzeugt zu sein, dass alles, was Ich guten Glaubens impulsierte, auch ein gutes Ende findet nach der Zauberformel, die da heisst: Behutsamkeit im Werden und Beharrlichkeit im In-Mir-selbst-Bestehn. Taufrisch sind die Wege des Erwartens und Erklimmens vor Mich hingelegt. Siebenfach gesegnet auch die Schritte, Tritte und Avancen, die

Ich ewig mutvoll unternehme. Mein Ruf ist ein beständig Jauchzen über das Gelingen dessen, was Ich traulich und beschaulich mit Mir selber unternehme. Leichtigkeit und Zuversichtlichkeit sind Meine ständigen Begleiter auf der Siegesfahrt ins Glück der Zeiten, die Ich Mir erschuf. Unwandelbar Bin Ich bei jedem noch so weltenklugen Wandel, den Ich in die Wege leite, militant wo es Gewinne zu erstreiten gibt und lammfromm, wo die süsse Milde walten soll in den beschaulichen Gemütern.

So Bin Ich niemals unbeschäftigt oder jämmerlich allein in Meinen Gütern, weil alle Bürgen, die Ich Bin, gesellig, regsam und vertraulich sind in Mir. Das macht, dass auch in ihnen sakrosankte Freude herrscht an sich im übersinnlichen Gepräge, das Ich ihnen väterlich und mütterlich verlieh. Was willst du mehr, als so gedeihen und dein Wesensein aufs Trefflichste begreifen, indem du dich erkennst, als Meine Stärke, Mein Gehaben und Mein Wertgefühl.

Heilig ist, was Ich dir so bedeute und - dem Heil verfallen bist du allsogleich, wie deine Züge Meinen bis aufs Tüpfchen gleichen. O, wie ist das wahr und wie bezaubernd sind die Gärten und Ghirlanden der Holdseligkeit, in die Ich dich entführ'. Gehst du willig mit, eröffnet sich dir des Elysiums unendliche Standarte und begeistert und beglückt dich auf und ab, gezähmt und wallend überall im Liebesstrahlenmeer.

1.18
Grandiossein hängt Mir ganz natürlich an in Meinem Zwilch und Zwitter, Potentaten- und Despotentum, Geradeaus-Marschieren, Renommieren, Maximieren, Hasardieren, Schöpfen, Graduieren und Verbindlichkeiten-Schaffen. Das ist Schnee von

gestern, wollte Ich erwähnen, aber die Nuancen hindern Mich daran, die alles ewig neu und wunderbar erscheinen lassen. Wolken sind nicht Wolken, Farbenhorizonte wechseln ihr Befinden ohne Unterlass und Präsentieren sich in meisterlichem Mix von lichtdurchschossnen Tönen. Nuancen sind Mein A und O in allen Regionen des geschäftigen Agierens, Modellierens und Erfindens neuer Wirklichkeiten, allbezogen.

Das Wirkliche jedoch Bin Ich in allen Funktionen und Verrichtungen, im hehren Weltenbunde, wie im Glanz der Sterne, die als Mahnmal Meiner selbst zu dir hernieder glühn. Widersprich Mir nicht, wenn Ich dir sage, dass auch dein Dasein Meines Wirkens Zauber, Faszinosum und Ranküre ist in aller Offenheit und Lebensliturgie. Du Bist, weil Ich dich Bin und weil Mein Geistesatem dich belebt. Dies mag dir sonderlich erscheinen und ist doch die alleine Lösung aller Rätsel, die im Weltenlichte dich umstehn. Wahrhaftig weise bist du, wenn sich dein Verständnis Meinem naht und sich schlussends in allen Punkten ganz mit Meinem einigt und vereint. Dies ist die Stunde der Glückseligkeit und Minne, der Verklärung und Erklärung aller Dinge und Ereignisse im Lichte der Allherrlichkeit und in der Gnade Gottes, die dich friedevoll und innig, makellos und liebeszart von Mir beseelt.

1.19
Bonae voluntatis, guten Willens solltest du durch deine Lebenstage schreiten, schlicht und prunklos, unauffällig, doch entschieden. Deine inneren Werte sollen jenen zur Verfügung stehn, die nach Wahrhaftigkeit und Tugend, Schönheit, Harmonie und Seelenfrieden streben. Jeder Aufwand deinerseits soll im Bewusstsein wunderbarer Einigkeit mit Mir

erfolgen. Geläutert und geglättet sollen deine Triebe dir gehorsam sein, wie zahm gewordne Tiere, deren Trachten deinen Willen schult und dich bestärkt im Seinsbehagen.

All dies Belehrende will dich zu höherer Erkenntnis deiner selbst und damit Meiner Gotteszüge führen. Was du dir wirklich Bist, soll künftig offen vor dir liegen und sich dir als kapitale Nützlichkeit, Selbstsicherheit und Seinsgerechtigkeit erweisen. Im Bund der Kräfte, die dich mild und wild umfluten, sollst du Mich in dir als Lenker und Befehliger, bewusster Tadler und Befeurer gelten lassen. Denn genauso ist des Seins Hierarchie begründet und ihr Sinnspiel und Relieve aufs Trefflichste getan.

Denkst du an Meisterschaft, so kann sie nur von Mir an dich verpachtet und vergeben werden, desgleichen Güte, Seinsgewissheit, Heiterkeit des Ewigen und schwingende Holdseligkeit. Zumal im Absoluten kann dich nur Mein Strahl durchdringen wahrer Selbstgefälligkeit und Konsequenz, Erhabenheit und Würde des allewigen Bestehns. Bedenke du, was die Verbundenheit mit Mir für dich bedeutet und welcher glänzenden Entfaltung, Selbstbehauptung, Harmonie und Grazie du fähig bist in Mir.

So folgen sich und feiern sich die Zeiten göttlicher Brisanz und Benediktion an deinem Hofe und ziehen dich im Geiste des Allherrlichen hinan, wo Friede herrscht, Beglückung, Lauterkeit des Himmels, Seelenseligkeit und Zärtlichkeit Elysiens von Tor zu Tor.

2

Das Ganze einer schillernden Lebendigkeit

2.1
Folge Mir nach und du wirst deine blauen Wunder erleben. Es geht hier nicht um Kleinigkeiten, sondern um das Ganze einer schillernden Lebendigkeit und einer Gotteswürde von verehrenswerter Majestät, die ihresgleichen sucht im furiosen Weltgetriebe.

Ich ziele nicht auf das, was Ich bereits errungen habe, sondern auf die hoch brisanten Rechte des Entfaltens, die Mir auf immer zustehn und die Ich nutzen will von A bis Z und kreuz und quer, allwie ein gottbegnadeter Eroberer auf hoher See holdseligen Erfahrens. Gerade das verführt Mich zu gewaltig ausgedehnten Eskapaden, dorthin wo's in unbekannter Ferne vor Mir schimmert und die Phantasie enorm belebt. Das stösst Mich auf Gedeihen und Verderb im Tiefsten an, dass Ich das Äusserste versuche, um Mir Meiner Macht und Stärke, Meiner Zartheit und Magie, wie Meines Seligseins bewusst zu werden.

Ich erwandere das All der spriessenden Gedanken mit Bravour der feinsten Art, die *ist* und die, vom Sein getrieben, sich in genialer Weise im gesamten Weltsein etabliert, um Ordnung und Vertrauen, Zuversicht und Tapferkeit zu schaffen.

Bist du einer von der virulenten Schar, der seinen Part begriffen hat, Geselle, will Ich von dir wissen? Oder kneifst du um des mickerigen Vorteils Willen, der dich reicher machen soll, derweil das Grandiose Schaden leidet, das von Mir sich in die Weiten breitet, brüderlich und integral.

Da liegt's an dir, ob du wie ein Banause an dem Wert vorübergehst, den Ich an deinen Weg gestellt und dir mit Grossmut zugemessen habe. Dort liegt er brach und harrt dem Aufwall deines Weltgewissens, das dir deine Fähigkeiten und Gewinste offenbaren soll.

Wenn du, was du dir Bist, ergreifst, so Bin Ich ebenso geschwind zur Stelle und ergreife dich in deinem Grundgeriesel von Erhabenheit und Virtuosität im Pläneschmieden und Verwirklichen, damit wir darin echt zusammengehn. Eines nur und Einigkeit vermag Unendliches zu generieren und den Weg der Wege aufzubrechen im bewundernswürdigen Allhier.

2.2
Berufe dich auf Mich, und alle Schönheit, Tugendhaftigkeit und Minne des Gerechtseins ist berufen. Halte dich in Mir und du hast den Gehalt und die All-Lieblichkeit des Daseins auserwählt und aufgefunden, sanktioniert, goutiert und in die Höhn der Herrlichkeit Elysiens erhoben.

2.3
Ich streich dir Meine Ansicht von Lebendigkeit und Liebenswürdigkeit, Geduld und Himmelsgrazie genüsslich um die Ohren, derweil Ich resümiere: Gemeinsam singen, jubilieren und skandieren ist in Meinen Augen doppelt schön. Du machst sie auf und schlägst sie nieder, ohne dich zu zieren, im Bestreben nur das Allerbeste von der Welt zu sehn. Doch ist es nützlicher, die Dinge ebenso in unerschöpflicher Bewusstheit anzuschauen, um dem Ganzen, das Ich Bin, gehörig auf die Spur zu kommen.

Es trifft sich gut, wenn deine Ansicht von der Welt sich Meiner angleicht und schlussendlich in denselben Duktus und Verwandtschaftsgrad verfällt, damit kein jota von Verstimmung uns berühre. Du sollst so sicher, wie das Einmaleins, vor Meinen strengen Blicken als ein unveränderlicher Wert bestehn und niemals wanken im Erkennen deiner selbst, als Mich, in Glanz und Glorie und in der Makellosigkeit der Himmelssphären.

Nur so ist dir, wie Mir, Gewähr gegeben, dass wir uns aufs Trefflichste und Innigste begreifen und darob in andachtsvoller Dankbarkeit der seligen Gewissensruhe pflegen können im Allhier. Du Bist, wie Ich, des wahren Seins Relikt und wunderbar gesättigtes Erscheinen. In Heiligkeit, Entschieden- heit und Geisteswürde, spendest du der Welt, was Ich dir offeriere, impulsiere und gewandt skandiere, um dich über die geheimsten und geheimnisvollsten Lebensdinge aufzuklären.

Nichts Geringeres als einer Gottheit Flügel und Famosum, Benediktum und Begeisterung bist du, im allerhöchsten Strahlenlicht gesehn. Es ver- beugen sich die Himmlischen und Irdischen vor dir und sind per se gehalten, dir die allerwürdigste und delikateste, manierlichste und überzeugte Referenz und Ehrfurcht zu erweisen.

All so ist es ganz gewiss und unveräusserlich gegeben, dass die götterherrliche Mixtur, Tinktur und Radikalität, die dich beseelt, zur vollen Geltung kommt in Meinem Lichte, das die Einheit und Verlässlichkeit von allem, was da *ist,* verkündet und die wohlgesinnten Seelen damit inniglich beglückt, in ihrem Status, ihrer Unerschöpflichkeit, Gottselig- keit und Allegrie.

2.4
Monte Verità, Berg der Wahrheit, des Entzückens und der Rosenspur, die sein Ersteigen zum beglückenden Finale stilisiert nach langen Reisens Schwergewicht und Bangen.

Mich überkommt ein Schauer reinen Mitgefühls, wenn Ich bedenke, welcher Riesenschwarm von armen Seelen ihres Seiens Zeichen noch nicht sehn. Sie schuften sich durch penetrante Tage reiner Nützlichkeit und entarten so der Perspektive und Verbindlichkeit, auf was sie *sind* in Mir und Meinen Liberationen.

Wende dich zu Meinen grünen Hügeln und erlebe, wie sie dich erheben in der Vielfalt ihrer Neigungen und Steigungen, Weitblicken und bewunderswerten Stellen reiner Stille in der heiligen Natur. Ich bringe dich dahin, wo deine Wege graziös und lauter sind und alles in dir jubiliert, ob der spontanen Leichtigkeit, die dich beseelt, im heiteren Flanieren.

Nicht umsonst heisst es: Ich sei der Weg, die Wahrheit und das Leben überall im Reichtum reinen Seins, in dem sich alles etabliert, verankert und bewusst erlebt im Zustand strahlender Vollendung, den die Vifsten und Beständigsten vorzüglich in der Sinnennacht erleben.

Gewesenes mag dich nicht mehr berühren, doch hat es dich gereift und zum Erkennen deiner inneren Werte hingetragen. Nun stehst du da, als Wesen unverbrüchlichen Vertrauens in die weltenschaffenden Gewalten, die sich prägend und gewinnend für das allgemeine Wohl verwenden. Was über deinem Sinnensein geschieht, ist die Besonnenheit an sich, erhaben über das Getümmel und begütigend, wo Zank und Unmut in den feurigen Gemütern lodert. Es ist, dass Ich Mich gänzlich ans Geschick der Myriadenfältigkeit vergebe und in ihr Gewandtheit und Geduld, Manierlichkeit und Sanftmut generiere. So kommt's, wie's kommen muss, dass die Verständigen am Sinn des Seins gebührend Anteil haben und sich von der jubelnden Begeisterung ergreifen lassen, die da *ist* und ist in Mir und aller Welt zum Zeichen der Allherrlichkeit, mit der Ich in ihr Bin und sie dezent und wirkungsvoll, verbindlich, genial und zart regiere.

2.5

Kaum begonnen, schon zerronnen, müssen sich die müden Menschengeister von Mir sagen lassen, der Ich Bin der lange Atem der Geschichte einer glänzenden Zivilisation, die sich auf dem Erdplaneten festgesetzt und ausgebreitet hat nach Noten.

Was Ich will und wollte, ist demnach aufs Prächtigste geschehn, in einer Myriadenschar von Hoffnungsträgern, erbberechtigten Nomaden und Kanuten. Mir ist nun klar, worüber sie am Liebsten diskutieren, schäkern, sich empören oder Freudenfeste feiern. Doch haben sie ob all dem Offensichtlichen, das sie bewegt, das Mass der Dinge und Gewalten, nämlich Mich, beinah vergessen, weil sie eben Meinen Einfluss und den Spiegel Meiner Offenheit nicht sehn.

Soweit musst es kommen in der farbenprächtigen Ägide, die nun abgelaufen ist, um einer Neuen, voller Überlegenheiten, freie Fahrt zu offerieren. In dieser Weltenwahrheitsstunde trete Ich voll Nerv mit *Meinem* Anspruch auf den Plan. Da gibt es nichts zu deuten oder gar zu widerlegen: Meine Wallkraft ist von geistiger Natur, die muss man mit den Augen der Erkenntnis schauen. Damit aber wird dir licht und wahr, was vordem im Verborgenen geschah. Die Fülle allen Seins beginnt in dir zu tanzen, das Erhabene, das du dir Bist, tritt zauberhafterweis hervor und führt die Dinge deines Seins zur wonnevollen und beglückenden Synthese. Alles, was du urgeschichtlich, innig, selbstverloren, wach und tätig Bist, ist Meiner formidablen Züge überirdisch Spiel und weiss sich über Generationen deines Daseins stilsicher und gekonnt, manierlich und erstaunlich zu behaupten. Machst du dir dies klar, so ist dein Wesenskern und Keim im Nu ins absolute Heil gezogen und verherrlicht sich bewusst und zärtlich an der eignen Schöne. Götterlicht und wachsam darfst du in Mir deine ewige Ruhe finden und den Glauben an dich selbst, wie an Mein Reich zur vollen Stärke stilisieren, auferstanden zu des Allseins Manifest, Bedeutsamkeit und liebevollem Equilibrium.

2.6

Einem off road sollst du dich auf allen Wegen, Stegen, Weiden und Verwerfungen vergleichen, die du festen Tritts begehst. Da wird sich bald herumgesprochen haben, welcher Qualitäten du dich nonchalant bedienst, um unbedingt voranzukommen in der Tage virulentem Takt und Stil. Einmal wirst du dir bewusst in deinem Vorwärtsdrängen, dass du einzig *Mir* verpflichtet bist, als Bürger zweier Welten, die sich wunderbarerweis durchdringen und im Zustand der Geselligkeit die reifsten Früchte bringen hier und überall, wo eifrig und bewusst geerntet wird im strahlenden Allhier.

Versuche niemals, eine Wette auszuschlagen, wenn es darum geht Mein Recht und Meine Würde zu verteidigen, denn sicher kannst du sein, dass alles, was Ich dir entbiete, überragend und wahrhaftig, seinsbeständig, lauter und gediegen ist in corpore.

Es perlen die Glückseligkeiten, die daraus erstehn, wie aus Muskat gezogen, feierlich dahin, wo deine Seele, sich aufs Köstlichste erlabend, ihre Stätte hat und Hof hält mit den Ihren. Unwandelbar Bin Ich der Stern der Weisheit über deinem Haupte, wenn du's nur verstehst, in *Meinem* Sinne grad zu stehn und Meiner Seinsgesetze Vielfalt tapfer zu behaupten. Als ein Versierter und von Mir Begnadeter sollst du durch alle Fährnisse und Fabelhaftigkeiten deines Hierseins schreiten, um der Treue willen, die du zu Mir hegst und um aller Welt zu zeigen, dass sich in Mir und Meinem Königreich gut leben lässt, vorzüglich und erhaben. Nicht du, doch Ich Bin dann am Werke, wenn deine Sache sagenhafterweis floriert und alle Ursach haben, dich deswegen zu bewundern und damit dem Weltlauf Leistungsfähigkeit und Qualität von höherer Ordnung zuzuschreiben. Ist das nicht bedeutungsvoll und schön? Mein Verlangen ist es, Ängste auszumerzen, und an ihre Stelle Zuversicht und Frohmut, Wohlgewogenheit, Selbstsicherheit und Seligkeit zu setzen. Ich mach es wahr, dass alle Berge hüpfend deinem Blick entschwinden und sich dir die Weiten des Elysiums eröffnen, wo die Gärten der Holdseligkeit im reinsten Gotteslichte prangen und wo der himmlische Azur Mich meint in wunderbar geklärtem Alles-Überwehn.

Das ist nun die Perspektive, die Ich ständig für dich offenhalte, um dein Sein dem Meinen anzugleichen und die Redlichkeit der Göttersphären liebevoll auf dich herabzusenken, unbedingt zu deinem Nutzen, deiner Würde und Wahrhaftigkeit und alleweil zu deinem allergrössten Wohl.

2.7
Mir allein erschlossen ist, was Ich Mir Bin in Meinem Grundsatz, wie in der Fülle Meiner sprossenden Ambitionen. Das macht, dass Mein Gedankenarsenal und Mein Empfinden strotzt von Preziosen, die das Aug entzücken und die Seele sich in Wonne baden lassen.

Wenn Ich dir Einblick in Mein Sein verleihe, ist es, um mit dir zu teilen, was Mich so bewegt und was die Ursach ist der eminenten Freuden, die Ich Mir gewähr. Es ist zuallererst des Freiseins Attribut, das Mich, wie nichts, begeistert und erhebt in Meinem götterlichten Dasein, dessen Meister und Regent Ich Bin in zeitenloser Wertbeständigkeit und allerliebster Tradition. Das Musikalische wird hoch verehrt in Meiner Weise, die Gelegenheit zum Zupfen, Blasen, Streichen, Tasten oder Singen zu geniessen. Still in Mich gekehrt, erlebe Ich den Wohllaut heiligenden Tönens und vermehre so das Seinsentzücken, dem Ich noch so gern in voller Traulichkeit erliege.

Den leisen Nachhall des erstaunlichen Vibrierens registrierend Bin Ich Mir bewusst, was da geschieht an schöner Selbstverständlichkeit und seinsbewusstem Überhöhen einer fabelhaften Situation. Es kann nicht anders sein, als dass das Treffliche sich an sich selber steigert und das Seelenvolle noch ergreifender und seliger gestaltet, als es vordem war.

Wer lustwandelt da im siebenfach geschmückten Garten der Holdseligkeit und Minne am Geschehn? Ich selber im Gefolg der Meinen, die sich von der Süsse und Besonderheit Elysiens verzaubern lassen, das seit jeher von den Schauenden bekräftigt und von den Liebenden verehrt wird. Es gilt, sich in der Wohlgefälligkeit und Harmonie, Glückseligkeit und Wohlfahrt des Befindens zu erhalten, die *Ich* Mir zugeeignet und errungen habe. Das macht rege, tatenträchtig, schöpferfreundlich, licht und liebevoll im Wunder des unendlichen Verweilens.

2.8

Was Ich preise, ist Mein eigen Werk an Mir wie an den Meinen, die Ich mit Geduld und Scharfsinn, Genialität und Starkmut hochgepäppelt habe. Sie sind Mir allzu wertvoll und verehrenswert, einmalig, anhänglich und sich selbst bewusst geworden, als dass Ich sie verlassen wollte im Vollbringen Meiner Kür. Denn was Ich selbst bewundere, soll Mir dasselbe rauschende Bewundern ebenso erbringen und soll sich Meiner Güte, Offenheit und Generosität gebührend dankbar, hingegeben und bewusst erweisen.

Willst du dich als einer von den Meinen etablieren, braucht es nichts Geringeres, als deine allumfassende Gebärde des Erwartens, seelenvoll vertrauend, mysteriös und ganz in dich versunken. So trägst du dich Mir an als einer, der da weiss, wie man sich einer Gottheit gegenüber königlich benimmt. Es ist das Einigsein, das solchen Anspruch stimuliert und ihm gebührend Wirklichkeit verleiht in sakrosankten Meisterzügen. Du bist gefeit vor Unbill und Entarten allsogleich, wie deine Füsse Meinen Pfad berühren und in Meinem Schrittmass fürbass gehn. Was immer du, gelösten Sinns Mir zugewandt und zugesprochen, unternimmst, ist wohlgetan und die erspriessliche Belohnung dafür lässt nicht auf sich warten. Da treffen Wohlgeformtheit, Grazie und Fülle aufeinander und beglücken und verzärteln sich schon beim Begrüssen - und beim Festmahl noch viel mehr.

2.9
Wo die Urbeginne walten, gibt es kein Entwischen oder Halten mehr. Da wird jede noch so siebenfach verschlungene Affäre bis zum allerletzten Ende ausgekocht und ausgeklopft, bandagiert und ausgehalten. Das bringt die bange Frage auf den Plan, ob alles, was da *ist*, so ernstlich und entschieden abgehandelt werden muss im Wettlauf der Giganten, Störefriede, Zauberer und Klempner auf dem vollgestopften Erdenplan.

Ich allein weiss es und werf' ein überzeugend Ja
in die so viel bewegte Lebensschale.

2.10
Nicht zum Spassen ist die Weltgeschichte arran-
giert, aber zur Beförderung und Ausgestaltung,
Anerkennung und Bewunderung des grandiosen
Ganzen, das da *ist* und springt und schuftet, singt
und duftet immer vehementer vor sich hin.
Was alles Ich Mir vorgenommen, wird auch bis
zum letzten Detail ausgeführt und spricht die
Sprache der vollendeten Genügsamkeit in Mir.
Nicht ein Iota von erhabener Verheissung lass Ich
fahren, weil Ich Kraft von Kraft, Vertrauen von
Vertrauen und All-Güte Bin in Meinen Götter-
regionen. Sturmgewalt, wie zärtlich hingegebnes
Säuseln sind Mir eigen, ebenso wie alldurch-
flutendes Genie im Grünen der Äonen und
Gepflogenheiten Meiner Art, gerissen, weise,
flüssig und apart zu sein in höchsten Meistergraden.
Willkür ist Mir fremd, doch reicht Mein Wille
anstandslos von Stern zu Stern, vom kleinsten
Wesen bis zur sinnbegüteten Allherrlichkeit, in der
Ich Bin und Meines Seins Geschmeidigkeit verlese.
Achte auf Mein Wort und führe jede Silbe deinem
Wohlgedeihen zu, dass sie nicht unnütz und
verschwendet ins Unendliche verfliesse.
Was das Sein betrifft, ist alles Wohlerwogenheit
und Stärke, Sinnbild der Gerechtigkeit und
Überlegenheit in nonchalantem Stil. Es gilt für dich,
die Chancen zu ergreifen, die in dich gesetzt und dir
in Fülle angeboten sind, um der Erfüllung ihres
sagenhaften Inhalts Willen. Alles, was in Mir, aus
Mir und mit Meiner Sanktion geschieht, ist
wohlgetan und lauter, unmissverständlich, weise,
seligmachend und reell im Göttersinne, den Ich, wie

das geisterfüllte Sonnenlicht, verschwenderisch
verstrahle.

2.11

Gefühl für Schönheit, Zuverlässigkeit und Kompo-
sition ist jedem echten Künstlertum vorab zu Eigen
und bewährt sich in den fabelhaften Werken, die
darin ein hochbegabter Meister sich erschuf. Den
seinen gibt's der Herr im Schlafe, heisst's im
Volksmund und das gilt besonders für die
Innovationen, die Ich den von Mir Begünstigten
verleihe, derweil sie ihre Sinnenwachheit abgelegt
und sich dem All geöffnet haben. "Rührt Mich nicht
an", sagst du dann zu den Weltendingen, "solang
ich selig und bewusst im Überirdischen den Seins-
gehalt erlebe".

Eine wundervolle Sache ist es für die Besten
Meiner Bürgen, sich ohne Vorbehalt dem Sein zu
weihen und Mir so die höchste Ehre, Referenz,
Hingabe und Vertrautheit zu erweisen.

Meisterschaft im Meditieren nenn Ich, was als
fabelhafte Seinsgerechtigkeit zum Himmel strömt
und sich vollends und voll Begeisterung mit ihm
verbindet, wesenhaft und sonnenklar. Da kommen
Mir die traulichen Gemüter eben recht, die von
Gottestreue und Verbindlichkeit, Berufung und
Gehorsam was verstehn.

Ich rechte nicht mit jenen, die weitab von solchem
Seinsverfügen und -Genügen stehn. Sie wird die
Herzenssehnsucht mählich, wie magnetisch, zu Mir
führen und damit ihren Lebensstil komplett
verändern vom Sich-an-das-Weltliche-Veräussern
zur seligen Intimität mit Mir und Meinesgleichen in
der Schau, auf was Ich Bin im unvermittelbaren und
unendlichen Gefüge.

2.12

Generell Bin Ich allein befugt Lebendiges und Seelenvolles zu kreieren. Siehst du etwas keimen, so stammt es unbedingt von Mir und kann weder nachgeahmt, noch intellektuell begriffen werden. Ich zögere nicht, recht eigensinnig zu behaupten, dass da wahrlich nichts und niemand existiert ohne Meines Willens Aufwall und Dekret in einem wunderbar gesättigten und sakrosankten Geistverfahren. Das Absolute Meiner Wendigkeit und Virtuosität, Erspriesslichkeit und Vatergüte kommt vom Sein, das allem, was da *ist*, zugrunde liegt und die Versiertheit, wie den Charme, bekräftigt, die aus Mir und Meinen vollen Schalen quellen. Nichts gleicht dem Furiosum und der Fruchtbarkeit, die unentwegt von Mir und Meiner Schöpferkraft geleistet werden. Was nun dich betrifft, so kann die Präzision und der Erfindergeist, die Unnachgiebigkeit und dein Erfolg im Existieren nur durch Mich bewirkt und unterhalten werden. Bei näherem Betrachten stellt sich denn auch sonnenklar heraus, dass du aus dir allein nichts bist, derweil Ich bis aufs Tüpfchen alles Bin, was in dem Weltensein ersteht, geschieht und sich so selbstverherrlichend gebärdet. Ahnst du, was aus der Erkenntnis deiner Nichtigkeit entspringt? Dass auch du, mit allem Drum und Dran, Mein Eigensein bedeutest und es ohne Wissen und gar oft gewissenlos für deine eigensinnigen Zwecke annektierst. Gerade das muss von dir schleunigst, bis ins Mark begriffen werden, dass du nichts anderes, als Mich bist und dazu berufen, als Mein Element, Meine Kaprize und Mein Sinngedicht im besten Sinne zu aufzutreten. Somit sollst du nichts, was ausser dir gediehen ist, erwarten, derweil du alles, wessen du bedarfst, in dir versammelt wissen kannst, von Mir gegeben und in Meinem Götterstil geführt, wenn du Mich nur gestalten lässest, was *Ich* will in Meinen weltumspannenden Affären. In deiner tiefsten Einsicht kann es dir gelingen, dich in seinsvollendeter Manier mit Mir und Meinem Hofkreis aufs Erquicklichste und Schicklichste, Befeuernste und Allerhöchste zu vermählen. Ich Bin, darfst du dir taufrisch und geziemend, unaufhörlich wiederholen, um so dem Reiz und der Natürlichkeit, der Unerbittlichkeit und Minne Meiner Majestät in dir die Krone aufzusetzen.

Zu Recht sagt einer, dass Mein Wille ihm geschehen möge und beweist damit, dass er sich Meiner würdig und gewappnet, angeglichen und vereinigt sieht. So auch du kannst dich in Wahrheit ebenso befinden und das Meine in dir pflegen und damit zur Geltung kommen lassen. Was geschieht? Du bist befreit von deiner Eigensüchtelei, indem du Mich gefreit hast, als dein Ebenbild, so wie du Meins bist ohne jedes Unterscheiden.

Taufe dich mit der Erkenntnis deines Seins - und deinem Heil kann künftig nichts und niemand mehr im Wege stehn. Begreife, dass du *Bist* und deine Wonne an der Welt und ihrem Naturell, dem Fluss der Zeit, wie der All-Ewigkeit, wird über alle Grenzen gehn.

2.13

Ich habe einen alten Mann nach dem, was er sich sei, befragt - und allsogleich, wie er sich selbst erkannte, war er wieder jugendfrisch und schön. Das soll nun lebelang dein Vorbild und dein Ansporn sein, herzinnig zu erfahren, was du *Bist* und was dein Seelenauge vordem nie geschaut hat in den Daseinssphären.

Bist du willig, lass Ich dich nicht weiter unbeschützt im Regen stehn. Ich Bin dir wahrlich Schutz und Schirm in allen deinen Nöten und bewahre dich im Sein, so wie die Henne ihrer Kückchen's Knäuel unter ihrem Fittich wohl bewahrt. Du lernst dabei die Dinge deines Hierseins regelrecht durchschauen nach dem Motto: Glas ist Glas und Geist ist Geist und lässt dem schauenden Bewusstsein schillernd freie Bahn. Nicht minder soll es dir ergehn, wie es Mir vor aller Zeit ergangen ist, dass Ich, des Seins gewiss, auf ihm gebaut und Meine grandiosen Pläne vor ihm ausgebreitet habe. Gerade, was Ich Bin, soll wie ein Segen liebevoll in deine Seele sinken, um ihr Wesen transparent, selbstsicher, heilig und devot zu machen vor dem Unaussprechlichen, das sie bewegt.

Mehr Straffheit, Würde, Tunlichkeit und Klugheit darf Ich wohl von dir verlangen, wenn du dich als Aufgeklärter exponieren willst, voll Verve und Innigkeit, Gelöstheit, Heiterkeit und Harmonie - mit Meinem Siegespreis in hoch erhobnen Händen.

2.14
Ich Bin in jedem Falle das verehrungswürdige und sakrosankte Medium der überragend vorgebrachten Taten, die da sind: Des Weltenschaffens gloriose Überschwänglichkeit, sowie geniale Steigerung der Qualität und Fülle Meines Seinsbefindens. Das ist wahrhaftig eine Botschaft von unendlich freudestiftendem Charakter und von einer Nonchalance, die allgemein besticht und jedem Freund der guten Hoffnung ins Gemüte lächeln muss in seinem Wohlbehagen.

Zählst du im Wortlaut die Empfindungen, die dich bewegen auf, so kann Ich dir dabei behilflich sein, indem Ich nebenbei erwähne, dass Ich sie schon locker und allwissend in Mir trage. Das will bedeuten, dass sich alle deine Spuren und Verrichtungen, rabiaten Ängste, wie die mutvoll vorgetragenen Avancen unbedingt in Mir und Meiner All-Besonnenheit verlieren. Dir diese wunderbare Wendung ins Erhabene bewusst zu machen, ist Mein Ziel und Meiner Strategie Vortrefflichkeit inmitten deines selbstgefälligen Betragens.

Nun heisst es: Spute dich, um noch vor Torschluss bei Mir anzukommen, denn der Quereleien, Deviationen und natürlichen Konflikte sind gar viel.

In der Regel trete Ich als altgewohnter Bürger vor dich hin und wünsche, dass du irgendeinen Dienst der strömenden Barmherzigkeit an Mir versiehst. Das programmiert dein menschliches Verhalten sauer oder süss, abweisend oder gütig, je nach deinem seelenvollen oder widerspenstigen Befinden. Am winzig Kleinen jedoch mache Ich dich wahrhaft gross und verleihe dir Impulse für bedeutungsvolle Taten. Denke nie: Es ist Mir zu gering, als dass Ich Mich damit befasse, denn schon der geringste Anlass kann eine ganze Welt in Fassungslosigkeit versetzen.

Möchtegerne werden immer mit Verlusten und Behinderungen abgestraft. Nur der entschiedne Schritt zur wirkungsvollen Tat führt zum Erfolg, den Ich von dir erwartet habe.

Das Leben ist ein ständiges Mit-Mir-zusammen-Gehn, weil Meine seinsverborgene Präsenz dich nie verlassen oder meiden kann. Du brauchst sie nur zu spüren und beständig Meinen Willen auszuführen, um als Held und Hüter der Gesetze aus dem Prüfungsfeld hervorzugehn. In der Logik des allweltlichen Geschehns ist es begründet, dass nur *einer* ganz zuoberst im Befehlsstand walten kann. Denn Zweie müssen sich unweigerlich zu Zeiten widersprechen und damit Dissonanz, Parteilichkeit, Ruchlosigkeit und Pleite produzieren.

So Bin denn Ich der Eine, der befiehlt und der eröffnet, wo andere die Läden längst geschlossen haben. Das Tor Bin Ich zur seligen Gemeinschaft mit den gottgesegneten Behütern Meiner fürstlichen Doktrin, die dem Blühen und Gedeihen seelenvollen Vorschub leisten. Ich setze dich zum Zeichen Meiner Güte vor die harrende Gemeinde und verbreite in der Wohlbewusstheit deiner Taten das Arom der Gottesebenbildlichkeit in ihrem Sich-Empfinden.

Nun hebe hoch das Banner der Gottseligkeit und Unverzagtheit, das die Meinen unverblümt vor aller Welt zum Ziele tragen, das da heisst: Gewandtheit im Gehorchen, Lauterkeit des Herzens und darob die Heiterkeit im wunderbaren Einklang mit der göttlichen Natur, die dir und aller Welt aufs Innigste beschieden.

2.15

Grosse, gnadenvolle Ruhe der Gerechten hüllt Mich vollends ein und durchweht in ihrer feierlichen Selbstverständlichkeit den Raum des namenlosen Friedens. Es hat die Waage aller Meiner Lebensdinge sich ins Equilibrium von Zeit und Ewigkeit geschwungen und verweilt bewusst und heiter in der Köstlichkeit verehrenswerter Harmonie. Der Reichtum reiner Wonne am Erleben makelloser Stille stillt Mich ebenso, wie die Gewissheit vom Unendlichen, mit dessen Wohllaut Ich ununterbrochen in bewegender Beziehung steh.

Wahrlich, wahrlich sag Ich dir, wenn solches dein Gemüt erfüllt, wirst du nichts weiter wollen, als es freudestrahlend und aufs Innigste befriedet durch den ewigen Augenblick zu tragen.

Einem breiten, weiten Strome gleich ziehn die Ereignisse der Welt an Mir vorüber, derweil Ich seelenvoll in Mich gekehrt ihr Treiben väterlich beschaue und ihm Meines Segens Fluidum voll Liebe und Barmherzigkeit, Wohlwollen und verschwenderischer Güte angedeihen lasse. Was willst du mehr, als diese Geste seinserhabener Geselligkeit mit allem, was da *ist*, in eben dieser Leichtigkeit, Vollkommenheit und Grazie empfinden? In ewig lichter Bläue breitet sich der Himmel der Holdseligkeit und Zärtlichkeit des Daseins über Mein verinnerlichtes Selbstempfinden und erfüllt Mich mit dem Odem reiner Freude am elysischen Geschehn.

Wahrhaftigkeit und Herzensgüte, Edelmütigkeit und Kraft des Allerhöchsten sind aufs Trefflichste gehalten, Meinen Sinn mit Zuversicht, Vertrauen, Langmut und All-Liebe zu versehn. Schöpfergeistigkeit und sagenhaft subtile Musikalität erheben Mein Empfinden zur Gottseligkeit empor, am unerschütterlichen Schaffen, ebenso, wie im In-Mir-selbst-und-Meinem-Universensein-aufs-Innigste-Beruhn.

Sein vom Sein hat dir dies Bild der absoluten Selbstgefälligkeit mit auf den Lebensweg gegeben, um dich dazu anzuhalten, ebenso geschmeidig und in alle Welt gekehrt als dich, wie Mich, zu existieren und damit die Fülle aller Fülle, als Ereignis kosmischen Bedeutens zu vollziehn. So minikrim im Körperwesen und so keimhaft du auch bist, so grandios umfassend stellst du dich im allumfassenden Bewusstsein dar, in dem du *Bist* und das *Ich Bin* im ewigen Jetzt, wie im glückseligen und sonnenstrahlenden Mir-selbst-Genügen.

2.16

Ich pflege einen Stil, wie ihn kein andrer weiss zu pflegen, und das ist Meiner Abkunft zuzuschreiben, deren Ruf durch alle Geistesräume flutet, um sie schicklich, rein und gottgefällig zu erhalten.

Es gibt im Grund genommen keine grössere Blamage für den Menschen, als das Götterlichte, Weltenschaffende und Stilisierende von Meiner Hand nicht einzusehn. Doch dazu muss ein Wandel des Bewusstseins breiten Anklang finden in dem Sinne, dass es anerkennt, wie sich das Weltliche beständig wandelt und aus diesem Grunde niemals *sein* kann, so wie Ich es Bin in raum- und zeitenloser Geistigkeit von unnennbar erhabenem Befinden.

Was du dein eigen nennst, ist somit völlig unbedeutend im Vergleich mit dem, was Ich zur Stelle schaffe als goldgetriebnen Wert und genialen Götterfunken, der niemals angetastet oder ausgestrichen werden kann.

Also sieh dich vor, dass Ich dich niemals aus dem Buch der Weisheit streiche, das bestückt ist mit den Namen aller Seinsverständigen und Mich-allein-Verehrenden im Weltenhandel und Hallo. Nur allzugern will ich dich Bruder, Schwester und Gefährte nennen, in der wachen Übereinkunft, die wir miteinander pflegen. Doch muss Konsens auch deinerseits verwirklicht werden, um den Evolutionen Gängigkeit und Würde zu verleihen.

Demnach mach in diesem Sinn die Leinen los und lass dich von den Winden purer Seinsgerechtigkeit an Meine Ufer treiben. Es gilt, sich vom Gegebenen zu lösen, innerlich, um Neues aufzuspüren und schlussends zu Mir und Meiner Fülle zu gelangen, gläubig, motiviert, vertrauensvoll und heiter, seelenvoll und seinsgediegen.

2.17

Wohin, wohin? Im besten, wie im schlimmsten Falle geht's ins Grab, musst du dir sagen, wenn du wissenschaftlich vorgehst, um das Weltensein gehörig darzustellen. Dass man sich an dich erinnert, lässt dich weiterleben, sagt man gerne, weil das angesprochene Gemüt nicht glauben will, dass mit dem Tode alle Werte, Tugenden und Fähigkeiten unwiederbringlich ausgelöscht und weggetragen sind. Auch das Erinnern wird allmählich, über lange Zeit hinweggetragen, zu einem Mythos, dessen Inhalt nicht mehr schlüssig nachgewiesen werden kann und so erscheint nun wirklich alles, eben noch so fest Fundierte, unweigerlich dem Untergang geweiht in einem grandiosen Ungenügen.

Was folgt anderes daraus, als dass das Leben, wie es eben ist, genossen und gemütlich hergerichtet werden soll, was unweigerlich zu Herrschertum und Ungerechtigkeiten führt, das heisst, zu Unmoral und stetem Sich-Bekriegen.

Da trete Ich, der schöpferische Genius mit absoluter Überlegenheit und Weitsicht, Herzensgüte und unsterblichem Gewissen auf den Plan und sage dir: Ich Bin und Bin das Sein, das ewig, unvergänglich, allem vor- und nachgeht, was da *ist* und was sich in Mir wiederfindet und erkennt, als eben das, was Ich Mir Bin und bleibe. Demnach soll dir, Menschlichkeit, das allerwichtigste Gebot für dein Verhalten sein, nach der Erkenntnis deiner selbst zu streben und damit unweigerlich ins Sein vom Sein zu kommen, heiter und gelassen, herzensgut dem Menschsein gegenüber und vertrauensvoll dem grossen Unbekannten zugewendet, das dein Leben ist und deine Seele, dein Gewissen und schlussendlich die Gebärde einer Universenwelt von unerhört geschmeidigen, glückseligen und genialen Meisterzügen.

2.18

Kraft Meines Amtes, als der Herr und Herrscher über alles, was da *ist*, dekretiere Ich: Es muss sich das bewusste Sein um jeden Preis durch Zeit und Ewigkeit in ungeahnte Höhn erheben. Das ist nun Meines Ziehns und Zankens, Delegierens, Editierens und Gewinnens Stil in äonenträchtigem und prächtigem Verlangen. Meines vollen Weistums Wissenschaft und Stärke setz Ich unerschütterlich und fruchtbar dazu ein, den Sinn zu mehren und das sinnreich Dargestellte zum vollendeten Erfolg zu führen.

Im myriadenfachen Weltgetöse finde Ich Mein Wohl, genauso wie in der Gestilltheit reinen Schweigens, das Unendlichkeiten seinsbewusst und gnadenvoll erfüllt. Ich schaue dies in seelenvoller Heiterkeit und Harmonie, die Meiner Geistnatur zu eigen sind in nie verebbender Gewähr.

Was ist Gottseligkeit, wenn nicht die Perspektive auf ein unvergängliches Bewahren und Gewahren reinen Friedens im gestaltenden Elan, den Ich Mir zugelegt und unerschütterlichen Willens zugestanden habe. Kraft von Kraft und Fülle unerschöpflicher Manier sind Meines Waltens Attitüde universenweit gediehen und vertan.

In Meines Raumens genial und machtvoll gutgeheiss'nem Auseinanderstreben schaue Ich beglückt das Manifest der Einheit aller Dinge und Gewalten im Allhier. Ich sehe Mich darin in jedem einzelnen von ihnen gegenwärtig, als das Es, das alles *ist* und dirigiert und liebevoll begleitet auf der

Fahrt ins ständig seinsbewusstere, wahrhaftig und geschwisterliche Miteinandergehn.

Ich Bin und du bist auf dem Wege, deines Seinsbegriffs Synthese, Souveränität und Klarsicht zu erlangen. Das gibt dann eine wunderbar begeisternde Parade von Verklärten, die ihr Sein und Sinnen, ihre Rezeptur und ihren Reiz aufs Innigste begriffen haben. Du Bist dein eigner Herr und Knecht aus ewigem Begründen, indem du Mich bist und zugleich Mein allerwürdigster, bedeutendster und liebevollster Untertan. Was immer *ist*, ist aufs Entschiedenste von Mir beglaubigt und getan und bleibt mit Mir verbunden bis in jeden Winkel, jede Falte, jedes Scintillieren Meines wirkungsvollen Daseins in der Weltnatur. Du und Ich in einigem Vermählen, Ich und du, als das gewinnende Agens der Evolution der Weltendinge ins allgöttliche Empfinden.

Das ist das Programm und zugleich eine Süsse sondergleichen im Bewusstsein unerschütterlichen, weisen, seinsgerechten und erhabenen In-Mir-Bestehns, als Eines, ohne Wenn und Aber, silberhell und seinsglückselig, unbeschwert und ewig heiter.

2.19
Neuland im Geiste zu gewinnen, zog Ich aus und kehrte reichbefrachtet mit Erkenntnis zu den Meinen wieder. Was hast du denn gewonnen, wirst du von Mir wissen wollen? Unermessne Weite des Gewissens von der Gegenwart, in der Ich Mich befinde und darob ein immerwährend delikates Freudgefühl.

Seitdem seh Ich Mich als Ritter ohne Furcht und Tadel und gewinne täglich mehr an Achtung vor Mir selbst, ob dem myriadenfältigen Getriebe, das Ich angefacht und angekurbelt habe. Komm und sieh und senke deinen Blick in Meine Tiefen, wo die Absicht hinter *allem* seelenhaft verborgen liegt. Es ist Mein Wille, überall genialische Impulse zu verbreiten, um dann ruhig abzuwarten, was daraus erblüht. Mir ist jede Zone in die Hand gegeben, um zu testen und zu warten, zu erwägen und bewerten, aufzufahren und Mein Tagwerk friedvoll zu erfüllen im bewussten, farbenfrohen Niedergehn.

So ist alles wohl bestellt, was aus Mir flutet und, von Reife strotzend, in Meine Scheunen eingefahren wird im tätigen Vollzug. Was immer Ich erwähle stimmt und was Ich leichterdings gewähre, nährt den Nimbus der vollendeten Barmherzigkeit, die Mich dem Volke gegenüber allertiefst bewegt.

Es ist die Güte Gottes im Allhier, von der Ich staunend und begeistert rede, die Wesenswirklichkeit, die alles, was da *ist,* durchflutet und beseelt und die auch dich zuinnerst glücklich machen kann, wenn du nur schweigend lauschest auf das Rauschen ewiger Gewässer, wie beglückender Gedanken, die dir heimisch sind, beschwingt und zierlich, graziös und zuversichtlich, unentwegt von Mir.

2.20
Wer denkt sich selbst am allerinnigsten, wahrhaftigsten, bewundernswertesten und wohlgefälligsten von allen Wesen, die da *sind* und sich auf geniale Art die Zeit vertreiben? Ich, im allereminentesten und wirkungsvollsten Sinn voll Überzeugung, Tatendrang und Selbstgefühl. Nur der Allerhöchste kann so sicher, seelenvoll, markant und zuversichtlich von sich reden, denn da fehlt nicht das Geringste, was ihm Seinsbesorgnis, Angst um seine Güter oder Unmut an der Welt

bereiten könnte. "Ich Bin Mein Eigen", lass Ich Mich allüberall vernehmen, wo gelebt, gelitten und gestritten, aufgewacht und hingegeben wird in Mir.

Mein Denken wendet sich zu allem, was man besser, sinngemässer, seriöser und galanter balancieren könnte im so kunstvoll ausgebreiteten System. Alles soll zu einem Wurf gedeihen, was Ich Mir ausgedacht und zur Erfüllung vorgenommen habe. Ist es doch für Mich geziemend und gerecht, dass jede zitternde Nuance einmal stille steht und keiner Änderung und klärenden Retusche mehr bedarf in Meinem Künstlerkabinett.

Traditionsgemäss versehe Ich das Seinsvollendete mit Meinem Siegel, das da nichts Würdigeres ausdrückt als: Ich Bin, und niemand anders hat Mein Hiersein ausgesprochen und bewirkt als der Erhabene, der *ist* und der in allem, wie in dir, sich selbst begründet als im Sein, von dem man nichts und alles sagen und erwarten kann.

So magst du denn nichts Weiseres verrichten, als dich der Erkenntnis deiner wahren Wesenheit zu nahn und die Bin Ich in jeder Grille, die du pflegst und jeder heiligmachenden Gebärde, deren du dich würdig hältst in deines Lebens Wurf und Sinngedicht, Relieve, geheimnisvollem Manifest und Sanktuarium.

2.21
Geologie ist Meine Sache nicht, wenn's darum geht am Festen festzuhalten. Bedachtsam, intensiv dem Fluss der Zeit geweiht und seinem silberhellen Rauschen ist Mein Sein, und sachlich, fachlich kenn Ich Mich im Lockeren, Beweglichen am allerbesten aus von allen Disziplinen Meiner Herrschaft im Gedankenmeer.

Warm und schlicht empfehlen kann Ich dir die Wirklichste der Welten, als ein geistbestimmtes, hochsensibles Milieu, in dem sich, was Ich Bin, bewegt und sich im besten Sinne selber treu ist und aufs Innigste ergeben.

Alles Festgefahrne ist nicht *wirklich* in der Terminologie, der Ich Mich immerzu bediene, um vom Sein an sich und seinen Qualitäten und Errungenschaften, Köstlichkeiten und Bedeutungen zu reden. Überall, wo etwas *ist*, steht Es dahinter, als die graue Eminenz und das Faktotum der gebieterischen Allianz mit dem Lebendigen und Unvergänglichen im allerfüllenden Allhier.

Wo immer etwas pocht, ist Meine Liebenswürdigkeit und Herzlichkeit im Spiel und wo das Wackere am Ruder ist, kannst du bestimmt auf Meine Gegenwart und Hilfe zählen. Allein aus *Meinem* Kokon spintisiert sich das nie endende, pickfeine Fädchen der All-Ewigkeit, in der Ich Meinen märchenhaften Lebenstanz vollführe. Ich Bin Mir sicher als der königliche Herrscher im berühmten Reiche "nicht von dieser Welt" und dennoch ist's gerade diese, die Ich wie kein anderer bestimme und beherrsche mit den Kräften und Ideen, die von Meiner grünen Seite zu der deinen, zwitterhaften, fliessen.

Am Erträglichsten für dich ist es, wenn du dich Mir als wahrer, wacher und entschied'ner Seinsgefährte offenbarst, um mit Mir einer Welt von Schönheit, Nützlichkeit und Genialität zu dienen, getreu dem Wahrspruch: Ich Bin dein und du bist Mein in jeder Phase der Erfüllung göttlichen Elans.

Was Mich betrifft, muss Ich in keinem Fall nach Selbstbestätigung schielen, weil Mich alles, was da lebelang agiert, floriert und lustig ist, als treibendes Agens der Unerbittlichkeit beweist im wachen Streben nach Vollendung, Schönheit, Güte,

Redlichkeit und sonnenstrahlender Magie. Nur Ich kann walten, ohne Mir die Finger zu beflecken, weil Mein Geist das All in purer Tatenlosigkeit regiert. Ich ruhe schaffend und geruhe immer beides, was da *ist*, zu sein in der genialen Art und Weise, die Mir eigen. Ich Bin Mir nicht zu schön auch dich zu sein in aller Form und Deutlichkeit, die man sich denken kann. Das zu wissen und herzinnig zu erfahren, stilisiert sich letztlich und verwunderlich zu deinem allergrössten Heil, das in Unsterblichkeit, Glückseligkeit und Heiterkeit floriert. Es befördert dich in die Gefilde der elysischen Natürlichkeit und himmelweiten Seinsgerechtigkeit, frohmütig, sternklar, frei und selig, kostend von der Grazie des Allerhöchsten überall in Mir.

2.22
Nun darfst du ganz in Meinem Sinne selig sein in sakrosankter Selbstverständlichkeit und Minne an dir selbst, wie Meinem heitern Brauchtum im Allhier.

Wo Kreuze sind, da kann auch Auferstehn gefeiert werden und wo Ich fein geschmückt und lieblich in Erscheinung trete, kommt das Bräutliche zum Zug, das jedermann erlabt und freut und in Erstaunen setzt, ob all der Grazie, die es vermittelt und verströmt. Siehst du dich auch in diesen Rängen des Erfahrens und Verstehns, kannst du vom wahren Glück des Existierens in der Freundschaft Gottes reden. Eine Welle tief empfundner Sympathie und Seligkeit strömt immerzu vom einen zu dem andern über und beschwingt, besingt, befruchtet und beehrt das Dasein mit der Fülle himmlischer Beständigkeit und Ehre in des Augenblicks Vollenden.

Die strahlende Gewissheit vom Unendlichen, das Mich beseelt, soll baldigst und geschwisterlich auch dich beseelen. Es geht nicht an, dass auch nur eines Meiner Lieben darben muss im Geistessinne. Denn es steht geschrieben: Alle, alle sind entschieden Mein und sollen stets von Meiner Fülle, Fabelhaftigkeit und Inbrunst zehren. Die Lieblichkeit des Seins, sowie sein zärtliches Umfangen aller Kreatur, soll auch deiner Sensibilität und Sehnsucht nach Gerechtigkeit genügen. Mir ist nur wohl, wenn du dich selber wohlfühlst und begreifst, wie sehr Ich dich behüte und dich als Kleinod der Geselligkeit in Meinem Mutterherzen höhwärts trage.

Das ist für nun das seelenvolle Ende Meiner Weisheit, und sie ist auch hell genug und seinserhaben, dass du ihr gemäss, allwie auf einem Plateau, hehre Aussicht pflegen kannst in Meine Gärten des unendlichen und unerschütterlichen Wohls. ES behauptet sich in allen Sparten Meiner Seinsgefälligkeit und Würde an der weltlichen Folklore, wie am gütestrahlenden Olymp, auf dem Ich liebevoll, gerecht und wonnestrahlend throne.

2.23
Weltenweihe will Ich nennen, was Mich so bewegt und was in bester Weise dazu angetan ist, Mich in die Gefilde der Unendlichkeit zu führen. Da ist es dann, verbindlich und vertrauensvoll, vonnöten, dass Ich rein und lauter Bin in Meinem Wohlverstand und Meinen Diktionen.

Die Klärung aller dubiosen Angelegenheiten steht zuoberst auf der Liste Meiner Seinsverpflichtungen. Nicht eben rar sind sie, doch gibt es keine, deren Lösung Meine Wissenschaft vom Leben und Gedeihen übersteigt. Kompetent und freudig pack Ich alles an, was offenbar geschliffen und veredelt, plastiziert und hoch geschickt verändert werden muss zu seinem Allerbesten. Kein Malheur, dem Ich nicht etwas Positives abgewinnen könnte, keine Tücke, der Ich nicht Paroli böte. Das alles macht Mich so beständig und stabil und wird von aller Welt gelobt und angerufen, sei's im innigen Gebete oder im begeisterten Laudate, das Mir, feierlich und mustergültig vorgetragen, ins empfängliche Gemüte weht.

Hast du nun begriffen, um was es Mir vor allem geht: Um kluges Disponieren nämlich und um wohlbedachtes Aneinanderfügen multikultureller Taten, deren jede leuchtende Bewunderung und strahlenden Applaus verdient.

So wirke Ich aus strömender Barmherzigkeit und beispielhaftem Wohlbehagen an der Ordnung, Präzision und Disziplin, die Mein Mich-selbst-Belehren ehrt und eine Welt kreiert von wunderbar gesegneten Dimensionen. Begeistertes Beginnen und strategisch ausgeklügeltes Vollenden ist Mein Götterstil, an dem sich männiglich erbaut und sich zum Ziele setzt, ihn schleunigst und gewissenhaft, verbindlich und manierlich, frohgemut und heiter nachzuahmen.

2.24

Als eine fassungslose Sünderin, o Seele, wirst du in das Erdenreich hineingeboren und dann wird von dir verlangt, recht tugendsam, bescheiden, weise und gelöst zu sein im langgedehnten Lernprozess, dem du dich unbedingt dahingegeben. Da hebt in dir ein banges Fragen an: Wohin, wozu, was soll das alles? Mühsalträchtig gehst du deinen Weg der tausend tückischen Strapazen und siehst das Ende endlich nur im bittern Tod. Ein Würmchen in der Erdschicht, eine Grille der allmächtigen Natur erscheinst du dir und zögerst nicht, dich als verloren

zu bezeichnen in der Fassungslosigkeit der Weltentage.

Das Wissenschaftliche heizt deine Argumente an und lallt und lästert: Siehe da, so ist's, ich kann es dir beweisen, festgezurrt auf deinem Stuhl. Wie Recht hat sie, derweil sie nur das Leibliche betrachtet und das Seelenvolle hinter sich verdorren lassen will in ihrem stürmischen Gebaren.

Fleht dein Herz um Hilfe, Bin Ich ihm schon nah und suche es zu trösten mit der Fülle deiner Einsicht: Bin Ich denn nicht da, kann reden, sehen, denken, laufen und Mich an Mir selbst erbauen, wenn Ich nur Vertrauen zu Mir habe.

Das ist nun der Anfang einer herzergreifenden Philosophie des Seins, die dich im Lauschen immer selbstbewusster, sicherer, verträglicher und heit'rer werden lässt. Indem du schweigst, kann *Ich* in dir zu Worte kommen und dir bedeuten, was da wirklich lichtvoll und erhaben *ist* über allem Scheinen. Du begreifst, was es bedeutet: Ja, *Ich Bin*, zu dir zu sagen. Damit gehst du Schritt um Schritt voran mit lächelnder Begierde und mit offensichtlicher Begeisterung am Sein und sicher Leben. Du durchschaust, was du dir Bist mit liebender Gebärde und begegnest darin Meinem Einfluss und Gebaren. Das heilt dich vollends von den Seelennöten und du stehst wie einer da, der weiss und der Gottseligkeit empfängt aus vollen Schalen. Rundum beglückt, erleichtert und erhaben, anerkennst du alles Seiende als *deines* von unendlicher Bravour und bestätigst dich und alle Welt im Selbsterkennen, als der Gottheit gloriose, graziöse, liebevolle und beseligende Spur.

2.25

Salve me, Domine, rette Mich o Herr, mag eine gute Wendung sein für dein Weiterkommen und Vor-aller-Welt-Bestehn. Bei Mir zu Hause aber pflege Ich zu intonieren: Gerettet Bin Ich immer schon, in aller Form und mit verehrungswürdig vorgetragnen Mitteln, in die Sphären wunderbarer Einigkeit mit dem, was Ich Mir Bin im Wunderbaren. Von hier aus ist es Mir ein Leichtes, jedermann aus seinem Sumpf herauszuziehn und vor sich selber hinzustellen mit den Worten: Deine Rettung ist bereits vollzogen. Du brauchst das Unerhörte nur gebührend zu gewahren und schon dämmert dir ein Licht von dem, was du seit Ewigkeiten Bist, subtil, stabil, bewundernswert und radikal in Mir.

Wie lang schon, ach, begabe Ich dich mit der Fülle Meines Segens, wie mit dem frischen Tau der Wachheit und Wahrhaftigkeit, um dir den Sinn zu öffnen für Mein Reich und für den Reichtum, welcher dir und allen zusteht, wo du gehst und still vergnügt der Ruhe pflegst in deinem Sanktuarium.

Was nützt es dir, allwie ein wild gewordner Oktopus mit voller Wucht um dich zu schlagen, wenn keine Feinde da sind und das Tor zum himmlischen Genügen offen steht vor deinem tappenden Gemüte. Sei ruhig, gläubig, zart und liebenswert dir selbst und allem gegenüber, was da *ist* und du wirst allsobald die wunderbarste Klärung deiner komplizierten Situation erleben. Aus Vielerlei mach eines weniger und wieder eines, bis du bei der Einheit aller Dinge, Wesen und Gewalten ange-kommen bist in deinem philosophischen Geplänkel. Dann gewahrst du freudig, seinsbe-wusst und überlegen, dass du selber einig bist mit aller Welt im Sinnenreich, wie im begehrenswerten Unsicht-baren. Der Countdown für dich hat schon längst begonnen. Du brauchst nur einzustimmen ins geduldig vorgetragne Zählen und schon schreitest du bewusst dem Punkte Omega und der Verwandlung deiner selbst ins Unermessliche entgegen.

Sowie du Bist, bist du ein ewig kerngesundes Abbild Meiner Weltenzüge, ein in dir verankertes Gebilde der Allherrlichkeit, dem nichts und niemand auch nur einen Zoll von seiner Grösse und Bedeutung nehmen kann. Was vordem ungewiss und schütter und erbärmlich war, ist nun in Mir ein Angelpunkt der Weisheit, Sitte, Selbstverständlichkeit und Grazie vor dem Bezaubernden, das dich im Innersten bewegt.

Erkenne dich und du hast Mich erkannt, beglaubige dein Wesens Auffahrt in den Himmel der Gerechten und du bist heil und heilig, unversehrt und wonnestrahlend eingefügt in Mich, wie in die unerhört beseligende Pracht der Universen.

2.26
Was tust du da in deines Bettchens warmem Pfühl und spinnst und spachtelst Träume unaufhörlich vor dich hin? Um der Welten-Schönheit Willen, sag Ich dir. Gerade, wenn du träumst, kannst du versichert sein, dass Ich dir am nächsten Bin; denn die Gelöstheit deiner Glieder, Sinne und Gedanken macht es Mir federleicht an dich heranzukommen und dir Meiner Weisheit Gabe einzuflössen.

Es gibt in deinem Leben ein herzinniges Zusammenspielen zwischen dir und Mir, noch ohne dass du's wissen kannst. Doch einmal wirst du Meinen Einfluss und Mein Diktum klar erkennen müssen, um voranzukommen und vor allem das Agnostische entschieden hinter dir zu lassen. „Nicht Mein, dein Wille soll geschehn" wirst du dann ständig auf den Lippen tragen und des Hechelns bar, getrost an Meiner grünen Seite fürbass gehn. Manch einer hat erwogen, seine Fährte zu verlassen einer Neuen zu, um vielem Übel und Gedränge, Notstand und entfachtem Unmut zu entgehn. Das weiss Ich zu verhindern, indem Ich dir den Sinn der schicksalhaften Wendungen und Endungen erkläre und dich ihnen ganz gefügig mache ohne Murren und Dem- Taglauf-Widerstehn. Du fühlst dich als in einem Höheren geborgen und von ihm auf Schritt und Tritt geführt in allen Dingen deiner quirligen Lebendigkeit und tatendrängenden Mixtur. Es blüht dir deines Seins Gerechtigkeit und Würde auf in Meinem Sinne, und allen Lebens Rätselhaftigkeit erweist sich dir als Schall und Rauch, verglichen mit der Seelensicherheit und Grazie des Himmels, die *Ich* dir voll Liebe und Geduld vergebe.

Das Fazit Meiner Rede soll dir tief zu Herzen gehn und dir offenbaren, wie besorgt und zukunfts-trächtig, heiligmachend und devot Ich dich umhege. Glanz vom Glanze sollst du in dir sehn, von Mir gespendet und behutsam in der Stille deiner Unrast in dein Sein gelegt. Dann bist du *Meinem* gleich und darfst dich rühmen, heiter und gelöst, geziemend und bewusst, als Vorbild reiner Güte, im Unend-lichen zu stehn.

2.27
Mit dem Megaphon der Eitelkeit wird manche, an sich gute Tat, in alle Welt hinausgeblasen und verliert so ihren inneren Wert Mir gegenüber allsogleich ob deinem penetranten Tuten. Hast du hingegen je gesehn, dass Ich Mich brüstete ob einer neuen Leistung, so als ob Ich just vor aller Welt ein goldnes Ei gelegt und ausgebrütet hätte. Mach es

dir zur Pflicht, ob dem, was dich allein betrifft, dezent zu schweigen und allerhöchstens ob des Freundes Wohltat einen Freudentanz zu inszenieren.

Nur wer bescheiden ist im Grunde seines Wesens, ist Mein Typ und kann aufs Allerschicklichste in seinem Tun befördert werden.

Die Wände haben Ohren, kann auch heissen, dass Ich alles, was geäussert wird, mit wachem Sinn gewahre und Mir so ein Urteil bilden kann über Wert und Unwert aller relevanten Menschentaten.

Alles noch so scheu Verborgene tritt in der Geistwelt alleweil zutage und bewirkt ein gutes oder miserables Echo über dir.

Wenn du ausruhst, bleibe nicht zu lange auf der Chaiselongue liegen, damit du's nicht verpassest, deinen Mann im rechten Augenblick zu stellen und gewandt in Meinem Sinne vorzugehn. Sei rüstig Meiner Rüstigkeit zu Ehren und begreife, dass ein Werk, wie Meines, viel zu tun gibt in der gottergebenen Arena grandioser Taten. Ich will, dass jeder Meiner Geistespatrioten einem Helden zu vergleichen ist in seiner Wirksamkeit tagein, tagaus, dem nichts zu viel ist, um Galanterie und Schönheit, Menschenwürde und Vertrauen in Mich zu gestalten. Allein die Lebensliebe macht das Herz beständig, lichtvoll und wahrhaftig generös.

Wenn es dir gelingt, mit deiner nonchalanten Weise Mich zu bezirzen auf dem Götterthron, kannst du der Überfülle Meiner Gnadengaben sicher sein, die dich, wie frisch gepresste Taler, überschütten und wie nichts dein Wohl und deinen götterlichten Tatendrang begründen.

All so walte über dir als tapferer Gestalter einer Welt nach deinem, wie nach Meinem Gusto, worin sich lang und glücklich leben lässt gutmütig, gleichberechtigt, gottselig und gediegen.

3

Unablässsig tickt die Weltenuhr

3.1

Unablässig tickt und tickt die Weltenuhr manierlich und entschieden und durchläuft mit ihrem wohlgemess'nen Schritt Äonen. Ich Bin darin so tapfer, tüchtig, phantasievoll und loyal den Weltenbürgern gegenüber, dass Ich ihnen Meinerseits kein Härchen krümmen lasse und zutiefst darum besorgt bin, von jeder ihrer Bitten innige Notiz zu nehmen und Wunsch nach Wunsch aus ihrer Mitte tunlichst zu erfüllen, meisterlich und optimal.

Hand aller Handlungen Bin Ich im Allerweltsgefüge und verschone Mich nicht vor Enttäuschung, Unbill, Angst und Not, derweil der Schlusspunkt Meines An-Mir-Wirkens lauter ist und edelmütig, hellsichtig, licht und klar.

Ich grolle nicht, wo andere noch dicke Knollen zu verschlingen haben; Ich werte auf, wo Unwert sich behende eingenistet hat, verlogene Geschichten zu erzählen. Mein sind Wahrhaftigkeit und Güte landauf, landab, die lassen sich nicht lumpen, wenn es darum geht, ihr Sinnbild überall gehörig vorzustellen und um Tatentächtige zu werben in der Welten virulentem Schoss.

Tu nicht so, als sei dir niemals etwas Unbotmässiges gescheh'n. Denn Ich weiss, wie viele Sticheleien und Strapazen du ertragen musst, um Schritt um Schritt voranzukommen und hinan auf dem verehrenswerten "Pfad der Freiheit", von Mir verfasst und überall enthusiastisch vorgetragen.

Ich mache Mir kein Hehl daraus, von Krämpfen und Erschütterungen heimgesucht zu werden, mitten in des Strebens starkem Ritual. Doch ist die Bändigung der Übel stets damit verbunden, dass Ich Bin und richte nach dem Mass der Unschuld und des Seinsgenügens.

Über allem thront unendlich, unberührbar und verwegen Meine innerste Struktur, in der Ich Mich entschieden, ewig heiter, hauchzart und stabil erhalte. Nie veräussert, unbestritten, rosig und genial versinne Ich in himmlischer Gelassenheit das Aperçu und strahlende Memorial all Meiner Taten, wo Ich Bin und überglücklich, sanft und seelenvoll, allewig in Mir bleibe.

3.2

Ein kreatives Mahnmal Meiner selbst Bin Ich, behende in das Universensein erhoben, wo sich die Wohlgefälligkeit Elysiens geschwisterlich vollzieht. Manch einem ist im Erdenreich nicht allzu viel gediehen. Doch hieroben wird ihm alles zur Verfügung stehn für die Umwerwertung seiner vielverzweigten Zwänge und des Machtkampfs, der daraus ersteht. Wohlfeil ist hier nichts zu haben, aber wenn du dir's errungen hast, ist des Erfülltseins Stalagmiten-Schönheit doppelt wunderbar.

Indem Ich ahne, wo es lang geht, finde Ich Mich hier aufs Allerschicklichste zurecht allwie in einem labyrinth'schen Blumengarten. Edle Keime und gar wünschenswerte Wässerlein sind hier den ihren nachgekommen und verzieren eine Landschaft sammetsanften Wohlbehagens für den Wanderer darin. Du gehst und gehst und siehst dich nimmer satt am unvergleichlichen Gepränge der Natürlichkeit, die sich in Freiheit, Selbstverliebtheit und Verwegenheit allüberall verbreitet. "Morgen Kinder wird's was geben", gilt für Mich im Heute schon und bezaubert Meinen Sinn aufs Allerlieblichste und Seligmachendste, Verheissungsvollste und Bewundernswerteste, das du dir denken magst. Es gibt sie, die Verwandlung des so angeschlagenen Gemüts in eine Festung virtuoser Fröhlichkeit und seinssubtiler Wonne von der Art Elysiens, die nimmer überboten werden kann. Sie bleibt und blüht und ist die wundertätige Moral von der Geschichte, die hier wirklich und wahrhaftig, meisterlich, vertraulich, mild und unvergleichlich liebevoll geschieht.

3.3

Allberechtigt ist die Frage, was Mich von den andern unterscheidet, die da *sind* und die sich einen Reim auf alles machen wollen, was ihr Leben stimuliert und züchtigt, wachhält und allgemach der Wohlbekömmlichkeit entgegenführt? Des Bin Ich Mir gewiss, dass sich das Leben je nach der Bewusstseinsstufe, die es sich errungen hat, genau dasselbe andern Auges ansieht und damit zu einem neuen Schlusse kommt in seinem Räsonieren. Nur Mir gelingt es, mit durchschauender Gebärde ein für alle Mal das Richtige zu konstatieren und es zu benennen als unendliches Geschwader Meiner selbst in wunderbar gesättigter Instanz, von der Ich unverblümt und unumwunden rezitieren kann: Ich Bin das Ein und Alles, Bin das Ja und Nein, der Frosch, die Mücke und die Tücke, Meine eigne Wahrheit zu verschlingen, um Mir wohl zu tun und Mich aufs Allerschicklichste an Mir zu nähren.

Das kann Mich schrecklich beuteln, kann jedoch bedeuten, dass Ich vollends frei Bin dies oder jenes leidenschaftlich gern zu tun im Grenzenlosen. Das Grenzenlose aber muss Ich selber sein, damit die Rechnung aufgeht, die Ich Mir vor Augen halte und die sich jeder buchstabieren kann in seinem seinsbetrachtenden Verhalten.

Das aber führt dazu, dass jeder sich der Nächste sein will, währenddem *Ich* ihn gekonnt und sicher, wunderbar geschmeidig und bewusst beim Wickel halte, um ihn schliesslich Meinem Reich und Reichtum zuzuführen. Das geschieht durch

Mehrung seines Seinsgewissens, wie durch liebevolles Aneinanderreihen götterlichter Gnaden, die Ich ihm noch so gern beschere.

Flippst du hin, so flipp Ich her, um stets ein Equilibrium zu schaffen in der Welt der Träume, die die deine ist, sowie in Meiner, die das Wirkliche und Wirkende betrifft im Namenlosen. Zu erkennen, dass du dich, wie Mich, im selben Zuge Bist, wird dann die Lösung deiner Träumerei bedeuten und zu deinem Seinsgewinn und deiner Wohlfahrt, wie zum Wohle aller wunderbarerweis vonstatten gehn.

3.4

Unermessliche Bedeutung trag Ich in Mir, weil Ich sie schon immer hatte, Herzensfrieden, Freimut, Rüstigkeit und Klarheit des Gewissens, weil Mir Tiefe eigen ist seit eh und je. So kommt es, dass Ich völlig unbeschwert und wacker, tatendurstig und beständig über Mich und Meinen Wert verfügen kann in seinsstabiler Weise und mit dem Lockruf der Vollendung auf den Lippen. Was nützt es dir, wenn du auch noch so viele Meiner Qualitäten in dir zur Erfüllung bringen kannst, wenn es nicht alle sind im Zeitenraster, das du nur verlassen kannst, wenn deine wägsten Herzenswünsche schweigen. Nur dem Einen sollst du Raum gewähren: Mich zu sein in unvergänglicher Noblesse, Barmherzigkeit am Leben und mit der Gewissheit, dass du Bist das unerschütterliche Wesen deiner selbst, allüberall, wo dein Bewusstsein seine Macht entfaltet, genial und tatenschwer.

Mein Ideal ist es, in voller Unverfänglichkeit und virtuos betriebner Sachlichkeit zu schalten und zu walten, wie und wo Ich immer will in wunderbar gesättigter und unverhohlener Manier. Mein Sein ist das von *allem* und Mein Pfand das Eigensein im Niemand-Angehören.

Nur die Weite des Bewusst-Seins und die innige Bescheidenheit an Meinem personalen Usus kann dies alles leisten, ohne dass sich Meine Kräfteschwälle je des Unmuts zeihen müssen.

Geistvoll und gewissenhaft ist alles vorgetragen, was in Meinem Reiche blühen soll und was dem Blicke freudestrahlend und salut entgegenleuchtet, *wo* es sich entfaltet im, von Mir gesegneten, Allhier.

Wache nun und bete um die Einsicht in Mein höchst verborgenes Revier, damit die Freude am Erleben dich erfasst und deines Strebens wissende Parole lautet: Lasst Mich sein, ihr Götter des Olymps und ihr so rasch missgünstigen Menschen, damit die Prophezeiung sich erfülle: Du Bist frei und ewig frisch gebacken, sitzend auf dem Fürstenthron voll Verve und Güte, Glanz des Himmels und mit der Beständigkeit des Absoluten, unverzagt, glückselig und gediegen.

3.5

Mein Jugendstil wird mehr und mehr beliebten Anklang finden unter allen Völkern, Nationen und Genossenschaften im Allhier. Das ist auch gründlich wahr, weil es der Logik unbedingt entspricht und weil so niemand nimmermehr zu Schanden kommt im Gaukelspiel der Vielen. Siehst du dann ein, dass du im Untergehn unweigerlich an deiner tiefsten Stelle wieder auferstehst, so kann dir kein Malheur und kein Radau so richtig schaden.

3.6

Das Natürliche, das Ich Mir Bin, behauptet sich von A bis Z in einem Wirbel wunderbaren Wachsens vom All-Ewigen ins Irdische hinüber, als des Geistes Kind und Kunstwerk, Kleinod und Errungenschaft von höchstem Rang und Namen. Das ist Meines Eigenwertes Auserlesenheit, darf jedermann sich sagen und das bringt Mich dazu, in schöpferischem Phantasieren jetzt dem Künftigen den Weg und die Erbauung zu bereiten, die Mir frommt und die zum Nennwert wird Meines Gehabens.

Das Rüstige macht sich erhebliche Gedanken über Fortschritt, Tugendhaftigkeit und Seinsmanier im grandiosen, wie im minikrimen Mäzenatentum, dem sich nichts entziehen kann in seinem Alles-Überbieten. Hiermit hab Ich dich gewarnt vor Unlust, Defaitismus und Stagnation in deinen Runden. Du hast zu meistern, was du immer anrührst und dazu verhelf Ich dir auf Schritt und Tritt und mit der ganzen Inbrunst, die Ich Meinem genialen Schöpfungswerk entgegenbringe, hier und dort und überall im dicht belebten Geistraum, den Ich hier vertrete.

Demnach kann es dir nur recht und billig sein, dich um dein Weiterkommen nicht zu sorgen, denn alles was geschieht, spielt sich in Meinem Machtbereich und Meinem Kräfteviertel ab im Einklang mit der besseren Hälfte Meiner selbst im Wunderbaren.

Als nicht von schlechten Eltern wird man dich bezeichnen, wenn du des Geführtseins durch Mich inne wirst und annimmst, was Ich dir als wahr und richtig, klug und seinsgerecht vors Näschen dirigiere. Dann wird alles leuchtend, strahlend, licht und schön. Deine Heimkunft weitet sich zur Feier der Verklärung aus im besten Sinne deines Auferstehns in Mir und Meinen Angelegenheiten.

Des Dich-Bewährens kundig wird dein Dasein ewig währen, wie die Reputation, die du dir frohen, freien Sinns aufs Trefflichste erworben. Tätigsein im

Guten, ist dein selig seinsbewusstes Los und - Dich-in-Mir-Verlieren deine Wonne und dein Fabulum auf Immerwiedersehn.

3.7

Der Kalendermann reisst ab und ab und fügt von hinten ewig wieder zu, so dass die Zeit nie ausgeht, über die die Wesen all verfügen. Was bedeutet dir die Zeit, wenn du erkannt hast, dass sie unaufhörlich auf dich zukommt und dich anspricht mit der Frage: Was wirst du mit Mir tun? Willst du Mich zu deinem Heil und damit auch zu dem der Welt verwenden oder lässt dich Unmut vor dir selber stocken und damit das All ins übel Eingefärbte ziehn?

Als Ewig-Wanderer bist du dir selber ausgeliefert und vermagst nicht aus dir auszubrechen, um die Ruh zu finden, deren du so sehr bedarfst in deinem virulenten Streben. Ruhe - vor dir selbst, ist offensichtlich die Parole, wie das grosse Rätsel, dem du gegenüberstehst in deinem Dich-Ver-wundern und verwunden Tag für Tag.

Da flüstre Ich: Du kannst Befriedung finden nur in Mir, indem sich dein Bewusstsein ins Unendliche erhebt und sich von ihm befruchten und befreien, besänftigen und beglücken lässt in allen seinen Lebensnöten. Wende dich im absoluten Stillesein Mir zu und sei, von Mir gesegnet, Meiner Würde Wahrspruch, Sinnbild, Manifest und Wohl. Denn Ich Bin, was du zu werden dich bemühst, Bin deiner Tugend Pfand, wie deiner Genialität Gewissen. Was immer du vollbringst, ist in dir Mein Vollbringen und was du fehlst, ist Mein Mich-selbst-Verfehlen. Sowie du inne wirst, dass du dich im Unendlichen erkennst und wiederfindest, bist du auch in ihm geborgen, so innig und final, wie du im Weltlichen nie festgegründet und verankert sein kannst im nie endenden Flanieren. Weihe dich dem Sein und seinen Gründen. Wiederhole unermüdlich in verbindender Manier: "Ich Bin *ES* an dieser Stelle des Erscheinens" und gewinne so unendliches Vertrauen in dich selbst mit allen deinen Wundern, Fähigkeiten, Liebenswürdigkeiten und bezaubernden Manieren. All so bist du klein und grandios im selben Zuge, bist der Weltgeschichte Aufbruch, Wirbelwind und Ahnen. Du bestreichst die Blätter deines Tuns mit goldner Gottesphantasie und beglückst ihr Wesen mit dem deinen, das in Köstlichkeit, Gelöstheit und Erhabenheit erstrahlt. Was kann Ich mehr, als *die* Erkenntnis dir zu wünschen und dich zu umfangen mit der Lieblichkeit der Himmelssphären, wie mit Meinem makellosen Sternenwohl.

3.8
Konsterniert betrachtet mancher das Ergebnis seiner Taten und versucht sogleich, den Schaden, den er angerichtet, zu begrenzen und bemänteln in der Not. Da ist's meistens schon zu spät, um viel herauszuholen und das Unheil nimmt den Lauf, wie es begonnen, niederschmetternd und brutal. Warum muss es gerade mich so treffen, ist die allermenschlichste der Fragen, die sich hier stellen lassen, worauf die götterlichte Antwort lautet: Starker Eindruck ist vonnöten in dein wankelmütiges Gemüt, damit du einsiehst, wo es lang geht auf den Gotteswegen.

Immer geht es um dein Heil, darf Ich dir sagen und um Gesetze höherer Art, die dich gezielt und sicher ins Unendliche führen. Sie geleiten Mich in dir in aller Form und Farbe zu den Höhen der

Begeisterung am Sein und Leben, Sinngehalt und Streben, wie es immer sei in deinen Runden und Verschwisterungen. Geduld, Erkenntnis und Erhabenheit sind deine treuesten Begleiter auf der Argonautenfahrt zu Mir, wie dir, in selbstverständlicher Manier.

Auf eine und dieselbe Karte sollst du alles setzen, was dir angehört und die Bin Ich und die gewinnt in jedem Falle, weil Ich immer weiss, was tunlich ist und wahrhaft genial.

Alles, was auf Mich gemünzt ist, ist es ebenso auf dich und weiss uns wissend zu belehren. Mein Reich ist überall aufs Innigste vertreten und lässt kein Hälmchen aus im aberwürdigen Lebensspiel.

So kannst auch du Vertrauen in Mich haben und die innige Gewissheit, dass das Allerhöchste deines Glückes Pfad und deiner Wonne Wegbereiter ist zum unvergänglichen Olymp, wo die Gebieter ihrer selbst als Götter, Weise und Verklärte thronen.

Das ist Meines Schauens Credo und die Krone Meines innigsten Gefühls, an denen Ich begeistert und befriedet hange, feierlich, vollkommen heiter, licht und morgenschön.

3.9

Wird Mir Gelegenheit zur schauenden Brillanz gegeben, muss sie auch ergriffen werden im innigen Betrachten Meiner Angelegenheiten. Hierbei zu betonen ist, dass Ich in diesem Fall in allem, was da *ist,* Mich selbst betrachte, weil Ich darin auch Mich selber Bin in Geistgestalt und überirdischem Begaben. Längst habe Ich in Meiner Wissenschaft vom Sein gelernt, die Doktrin der absoluten Einheit zu vertreten. Das heisst, Ich Bin Es überall, wo Meisterschaft gepflegt und Schönheit gutgeheissen wird in weltenmännischer Manier.

Niemand, als Ich, kann bedeutender ermessen, was es heisst, das Zepter in der Hand zu halten über Universenweiten im Allhier. Das ist so grandios, als wär Ich stets im Feiern eines Seins- milleniums begriffen mit Fanfaren und Trompeten, Prozessionen voller Staatskarossen mit galanten Würdenträgern, paradierend stundenlang durchs Menschenmeer.

"*Ich* will" - und was geschieht, ist Handwerk und Entschiedenheit vom Feinsten, was es immer geben kann in Mir und allen Zauberreichen um Mich her. Ich schnattere Befehle und jede noch so selbstbewusste Hüterin der Eigenbrötelei muss Mir aufs Wort gehorchen, oder sonst, o weh. Dafür aber gibt's belohnendes Gezwitscher und von Fall zu Fall ein Festmahl über alle Massen schön. Zu allem steh Ich, was Mir eben einfällt, zur Würde königlichen Brauchtums zu erheben. Du Bist immer mit von der Partie und brichst den Universenglanz von Mir in Myriaden Strahlen. So zerstreust du Mir das Meine und Ich sammle wieder ein, was wie verloren schien, um ihm seines Ursprungs Rüstigkeit galant zurückzugeben.

Das entspricht der Weisheit und dem Richtspruch, die Ich in Mir trage und gewährt dem All - Beweglichkeit, sowie den Seinsbegriff in absoluter Seligkeit im wachem Sich-Verträumen.

3.10
Gottesfreundschaft atmet in der Brust der Seinsge- rechten auf und ab in wunderbar gesegneten und auserlesenen Rhythmen, um ihren Bund mit dem Unendlichen aufs Feierlichste zu besiegeln. Was dem folgt, sind Zeiten der Vertraulichkeit und Heiterkeit im Schosse der All-Liebe, die die Schauenden aufs Allerfreundlichste erfüllt und sie

dazu ermuntert, ganz sich selbst zu sein in ihren Wundern und bedeutungsvollen Siegestaten.

Die Gesetzlichkeit des Herrn führt jeden, der da will, in weit verzweigte Gärten der Holdseligkeit am Sein und Sinnen und gewährt der wohlbewussten Seele Sicherheit und Ruh. Was bist du nun, wenn solches dir geschieht und ein beseligender Gnadenstrom dein lauschendes Gemüt durchzieht im Wohlklang der Erhabenheit, die ihm aufs Innigste beschieden? Es wird ihm ganz entschieden, majestätisch und markant bewusst, wie sehr sich das Unendliche um jedes einzelne der seinsbewussten Wesensglieder kümmert und bemüht, um es in seinem Lebenslauf zu fördern und zur vollen Blüte hochzuziehn. Da heisst es dann, Konstanz zu halten in dem unaufhörlichen Den-Sinn-Umkreisen, der da heisst: Ich Bin und Bin Mir selber ein gewissenhafter Lotse durch Gewitter und Gefahr. Das aber führt zur Einigkeit mit allem, was da *ist* und was sich als das Sein erweist in wunderbar gesättigten und vollbewussten Zügen.

Was zählt, ist jede deiner Gesten hin zur Gläubigkeit am grossen Werke, das Ich universenweit in Lichtheit, Charme und Grazie vollzieh. Du bist darin ein Glied und zugleich in Mir alles, was da seinsbewusst geschehen kann im universenweit gefächerten Betriebe. Alles läuft da rund, unendlich bunt und ewig jugendfrisch dahin, wenn es nur immer sakrosankt in Mir Erlesenheit gewinnt in fulminantem und beglückend dargelegtem Stil.

3.11
So einfach, gottgewollt und hoch erhaben ist Mein allgewaltiges Zugegensein zuinnerst und zuäusserst im beseligenden Seinsgedankenmeer. Nie hab Ich Mich zu ihm hinaufgeschwungen, weil Ich

Es schon immer war; Ich habe Mir darin ein Lied gesungen, voll Kraft und Schönheit wunderbar und will es weiter intonieren in reinem, silberhellen Ton, Mir selbst dabei zu imponieren, berauscht zu aller Zeit aufs Zärtlichste davon.

Hast du *einmal* im Erkennen dich in Mir gesehn, wirst du niemals etwas anderes mehr wollen, als gerade diese leuchtende, allherrliche Partie. Allvermögend Bin Ich, rar und superfeil im selben Zuge, delikat und jovial Mir selber gegenüber mit dem Touch der Avancierten, wie der Nonchalance der Biedermänner, die in allem eine Chance zum galanten Renommieren sehn.

Willst du was Heitres von Mir hören, so geh in dich und lausche dem Gesang von Tausend seidenweichen Melodien, die Mein Inneres beseligend durchziehn, hoch beglückend, was Ich von Mir halte. Dies alles traue Ich Mir im Gewinnen zu, um Meine All-Macht darzustellen und Mich in den Zustand wunderbarer Wonne an Mir selber zu versetzen, mitten in der Pracht der Sternenströme, die das All geniesserisch durchmessen.

Vice versa ist Mir wohl, wo alles hintergründig, überirdisch, geistvoll und gelassen ist, als eine Sage seiner selbst in makelloser Reinlichkeit und freudevollem Sich-Verschnaufen. Was Ich Mir im Hier entbiete, ist die selige Gewissheit Meines All-Seins, Meiner Kraft und Zärtlichkeit im liebevollen Hochgebet, mit dem Ich Mich in aller Stille selber unterweise. Darin liegt ein Loben und Verständigen von namenloser Süsse, wie das Bekennen Meiner Tugendhaftigkeit und Wohlfahrt, in sich selbst beschlossen und mit Vehemenz von Mir erwählt. Grundlos und liebevoll zugleich verwalte und erhalte Ich, was Ich Mir Bin und brauche dazu nicht allüberall herumzufragen. Verinnerlicht und wahr,

verweile Ich im Guten Meiner selbst und sehe
Wunderbares daraus keimen.

3.12

Morgenstund hat Gold im Mund, bekräftigen
Beginner und Propheten, Aufsichtsräte und Gano-
ven sonder Zahl. Ich aber führe dir die Morgenröte
eines neuen Weltentags vor das Gewissen und
bemerke dazu, dass du seiner würdig dich versehen
sollst in der Geborgenheit der Stille, wie dem
kapitalen Schweigen, das sie liebelächelnd mit sich
führt. Hast du lang genug dein Eigensinniges mit
keinem Wort erwähnt und jedem sprossenden
Gedanken Ruh geboten, kann Ich deiner Wohlgefälligkeit Begiesser und Befruchter sein im
geisterfüllten Tête-à-Tête, das Ich mit dir vollziehe.
Gerade diese Perspektive deines Seins sollst du
dir flink, gehörig und ergeben hinter die bezaubernd
hochgestellten Öhrchen schreiben in der Absicht,
sie für nimmer zu verlieren. Denn Vergessen, wie
Unwissenheit sind die allergrössten Übel in der Welt
des denkenden Elans, die Ich dir zum Aufenthalt
beschieden.
Was du immer denkst, versuche klar Umrissenes
vor deinen Sinn zu stellen und die Konsequenzen
deines Handelns abzuschätzen, eh du dich
entschieden auf dich selber zubewegst. Jede
Motion soll die Gewähr in sich enthalten, dass sie
auch gelingt und majestätischen Genuss verbreitet
im Gemüt. Überhaupt sei alles, was du Bist und tust,
mit Seinserhabenheit verbunden, die dich stählt und
wacker macht im Grunde deines Wesens. Denn das
Überlegene ist, dass *Ich* in dir Bin das
allerschicklichste Motiv für deine Wünsche und
Beginne und Vollendungen in deiner Strategie der
Wirksamkeit am Leben. Nullpunkt deiner Selbst-

gefälligkeit und Renommiersucht sollst du werden, währenddem Ich deiner Selbstbewusstheit Urgrund und Gefährte Bin in meisterlichen Zügen. Du *Bist*, was du dir immer sein willst, akkurat in Mir und Meinem aufgeknöpften und gediegenen Verhalten. Ich ticke als die Weltenuhr in jedes Herzens Beuge, was sich auch in dir erfüllt, wenn du nur Lauschen lernst in deinem gottesfreundlichen Gefüge.

Es geht um Innigkeit und Geisteswissenschaft in Meinem Dich-mit-Saatgedankengut-Versehn, die dir helfen sollen, blühenden Gewissens durch dein Sein und Sinnen zu spazieren und dich friedefertig, frei und figalant dabei zu fühlen. Das ist dann der Punkt of no return, wo du dich nimmer rückwärts wendest und in Mir allein die grosse Weite des Bewusstseins witterst, die dich zu einem Wesen stilisiert von ausserordentlicher Seinsbehendigkeit und Güte allem gegenüber, was da *ist* und was das Liebevolle braucht, das Ich durch dich verstrahle.

Meinung über Meinung ist dir nun zur seligen Gewissheit und Beförderung geworden, dass du Bist in göttlicher Manier das Eine in dem grandiosen Funkeln der Geselligkeit im universenweiten Spielen Meiner Kräfte, sinngetragen, selig, sanft und liebevoll im ewigen Allhier.

3.13
Von der Warte des Gerechten aus gesehn, sind alle Schöpfungen, Transaktionen, Hebungen und Senkungen, Renditen und Ergebnisse bedeutungsvoll und wunderbar. Relevant ist, was *Ich* ausgeheckt und angerichtet habe. Stoss um Stoss gelang Mir Unermessliches in Sphären der behütenden Gerechtigkeit am Leben, aus denen alles, was da *ist*, herniederrieselt seit Äonen. Alles Urgeschöpfliche ist dem vortrefflichen Gelingen

zugetan. Alle Meine Werte lass Ich jederzeit aufs Imponierendste und Radikalste spielen.

Es ist schon viel wenn du vermutest, dass da hinter aller sprossenden Natürlichkeit gerissene und geniale Geisteskräfte frank und frei am Wirken sind in allen Weltenregionen. Noch viel mehr jedoch wird es für dich bedeuten, wenn dein Feeling so verfeinert ist, dass du jede deiner Regungen exakt und akkurat als Meine registrierst in der unendlichen Bewusstheit, die dich dann beseelt. Unerschöpflich ist Mein Sosein überall, wo Ich vor Mir selber ins Erscheinen trete. Das ist dann ein jauchzendes Erkennen und Bekennen der gottseligen Situation, in der Ich Mich allüberall befinde. Es ist ein Wohlbefund von Gottes Herrlichkeit und Gnaden, ein Wahrspruch der Geselligkeit mit allem, aus dem Sein in eine fabelhafte Welt Geborenen, an der Ich Meine immanente Gottesfreude habe.

Wird nun alles zum Relikt der eigensinnigen Gottgefälligkeit, wirst du hier fragen? Ja und nein: Auf deiner Ebene, o Mensch, musst du dir individuellerweise, frei und eigenschöpferisch vor dem Erkenntnisauge stehn. Da steht es dir wohl an, wenn du mit unermüdlichem Elan und Forschergeist allmählich aufsteigst bis in die höchsten Regionen wunderbarer Schöpfertätigkeit, die alles in sich trägt und hütet, was da seine Eigenständigkeit versprüht und meint, es *sei*, derweil im Allergründlichsten nur Ich das seiende Gewissen Bin und es vergnügt in alle Lebenswelten trage.

Aus logischem Bedenken müssen in dem einen unermesslich vielverzweigten Spiel die Fäden alle in derselben Hand zusammenlaufen. Denn nur so besteht Gewähr für gleichgesinntes, wirkungsvolles und erstaunenswertes Handeln universenweit gesehn. Bist du nun Mein wohlgefällig Teil im ganzen genialischen Gefüge, muss es dir obliegen ganz und würdig deinen Part im abergrossen Wandelgang zu inszenieren. Das ist dann Meiner Art gemäss ein wunderbares Aufblühn, Generieren und Gestalten eines Mikrokosmos, delegiert und von Mir ausgehalten bis zum Geht-nicht-mehr. Verwirfst du, was *Ich* dir geheimnisvollerweise ins Gewissen trage, produzierst du Differenzen, Gegensätzlichkeiten und en masse Malaisen, statt die Makellosigkeit und Menschengüte zu kreieren.

Dein Bewusstsein weitet sich im Mass der götterlichten Taten, die du freien Sinns, Mir zugewandt, vollbringst, dich immer selbstverständlicher in Mein Gewissen schmiegend. Das ist dann für Mich ein Fest des Übersinnlichen Mir-selbst-Begegnens in der Lauterkeit der Himmelssphären, wie der Benediktion, die allem zuströmt, was Ich Mir voll Verve und Liebe abgerungen habe.

Im Sinne Meiner Gunst wirst du Mein allergrösster Günstling sein, wenn du nur einsiehst und bestreitest, was Ich für dich ausersehen habe. Dann sind wir eins in einem Wirbeltanz der Wonne am ereignisvollen Weltgeschehn und haben uns nichts vorzuwerfen, weil es nur noch *einen* Wurf und *eine* Wollust des Gestaltens gibt im selben Reiche, dem nichts gleichkommt an Erhabenheit, Mutwilligkeit, Bewusstheit, seelenseliger Entschiedenheit und liebevoller Harmonie.

3.14
Konstruktiv, plausibel und begeisternd sind die seinslebendigen Gespräche, die Ich innig mit den Meinen führe. Kaum sind sie erwacht vom Nachtschlaf, sehn sie sich von Mir mit formidablen Eingebungen begabt, die ihnen helfen, seriös, glaubwürdig, tapfer und effizient zu sein, im Spruchbild ihres Lebens.

Was Ich von den Verständigen erwarte, sind: Treue zu den Seinsgesetzen, Unbeschwertheit im Vertrauen auf das Meisterwort, das Ich in ihrem Sinn und Sein erspriessen lasse. Das ist ein würdiges und sakrosanktes Unternehmen, von Mir in den Weg geleitet und von allen, die da *sind* gebührend und gekonnt, frisch, fröhlich und gemeinsam mitgetragen.

Meine dienstbeflissene Parole lautet: Allen Bin Ich herzlich, liebevoll, bewusst und tätig zugetan, um sie in Meine Weise des Mich-selbst-Erlebens einzuladen. Das ist dann das Manierlichste und Zierlichste, Erspriesslichste und Wesenhafteste, was sie sich antun können, weil in allem, was Ich so mit ihnen teile Unendliches im Spiele ist, das sie aufs Köstlichste beflügelt und belebt.

Ich meine es so gut mit dem, was Ich Mir selbst zur Ehre und Erbaulichkeit erschaffen habe. Du kannst Mir füglich glauben, dass kein Iota, das von Mir besteht, nicht auch von Meiner Warte aus gepflegt und gutgeschrieben, machtvoll unterstützt und in die Höhen Meiner Seinsnatürlichkeit getragen wird. Und zwar auf Engelschwingen und mit dem begeisternden Bekenntnis, dass da *ist*, was ist, in beiden Geistesohren.

Was du immer pflegst, ist demnach Meine Pflege, wessen du bedarfst, ist Mein Bedürfnis, es zu decken und damit den Sinn für Dankbarkeit zu wecken für das immens Viele, das Ich dir in guten Treuen angetan. Majestätisch ist Mein Werben um die Vielen, die Mir anvertraut und anbefohlen sind im Reich der Gottesgnaden, das Ich liebevoll verwalte.

So ist denn alles gut, was Mich und dich betreffen kann und was die Summe der Erkenntnis mehrt in unserem Uns-selbst-Begründen. Alles, was wir tun, kann so in Heiterkeit, Erhabenheit und Wohlgefälligkeit vollzogen werden, und die Aussicht auf Erfolg beflügelt unsere Schritte aufs Entschiedenste im grandiosen Wirken, wie im siegessicheren In-unserm-Wonnesein-Beruhn.

3.15

Denk dir nur, es hat bei dir geläutet und du gehst nicht schauen, wer es war, dann könnt es auch ein Geist gewesen sein, der Schabernack mit deiner Glocke trieb. War er aber mit fleischbekleidet, wirst du sagen, s'war kein Geist, weil dich die Hülle täuschte und er einen Finger brauchte, um den Drücker zu bewegen. In Tat und Wahrheit aber war es doch ein geistig Wesen, das mit dir Allotria trieb im Geisterreich, dem du gedankenvoll anheimgegeben.

Glaubst du denn, es sähe niemand dort, was dir so einfällt und es falle niemand dir in die nur allzu brüchigen Gedanken, die sich bald mit diesen, bald mit jenen Wirren flugs beschäftigen und am Ende kaum mehr wissen, was es denn so war.

Also rate Ich dir dringend, sogleich einen Lernprozess des Konzentrierens zu beginnen, der dich unbeirrt von allen Flausen schicklich von Gedanke zu Gedanke führt in einer unvergleichlichen Synthese der ins Feld geführten Wirklichkeiten. Gar vieles hast du dann davon, wenn dein Bewusstsein mählich voll des Wahren, statt des Trügerischen ist und du dich als ein Geistiges erkennst, von guten, wie von misslichen Gedanken rings umgeben. Da gilt es, eine kluge Wahl zu treffen zwischen dem, was dich in deinem Lauf behindert und dem, was dich höhwärts führt in deinen so verschied'nen Lebenssituationen. Wenn du dich darauf konzentrierst, an keinem doch so weltlichen Gedanken teilzuhaben, bringst du sogleich Mich ins Spiel, der Höherwertiges im Schilde führt und dich daran beteiligt, wenn du ruhig lauschend deiner Eigenwilligkeit entgleitest und die Meine in dir spürst. Das ist dann die verheissene Synthese zwischen göttlicher und menschlicher Broschur, die alles daran setzt ein wundersames Equilibrium zu generieren zwischen dem was du als Welten- wie als Himmelsbürger darstellst in der Seinsgeschichte Meiner Lieben. So geschieht Erkenntnis und Erbarmen an dir selbst in wunderbar von Mir gesegneten und auserlesnen Massen.

3.16

Dass du wesentlich, manierlich, mustergültig und intim mit Mir verbunden bist in deiner Geistnatur, das öffnet dir ein wesentlich erfüllteres Verständnis deiner selbst, indem es Mich versteht, als in dir wirkendes Agens der Güte und Beschaulichkeit, der Generosität, wie der Besinnung auf das Eine, das da *ist* als Es in allen universenweiten Funktionen. Lässest du dir diesen Modus als reell in deiner Seinsgeschichte wohl gefallen, weitet sich dein Sinnen und Bestehn ins Unermessliche der Sphären Meiner Gutheit, Überlegenheit, Bewusstheit, Schöpferkraft, Holdseligkeit und Wonne an Mir selbst im Wunderbaren.

3.17

Malaisen noch und noch sind in deinem Weltloch zu verzeichnen, weil du Meiner nicht gedenkst in deinem Wüten. Was dich immer fordert, sind die Wirrnisse, die aus dem Machtrausch deiner Schwächen, wie der deplorablen Selbstgefälligkeit in dir erstehn. Was Ich im ganz Besonderen willkommen hiesse, ist die Einsicht, dass ein

Höheres, Markanteres und Wirkungsvolleres, als du es sein kannst, existiert, das dich beschattet, prüft und führt.

Damit bist du nimmer so allein in deinen Niederungen und Bedürfnissen, die dir das Leben auferlegt und dich zum Handeln zwingt in abervielen Nöten. Was dir frommt, ist auch Mein Frommen und was edelmütig ist an dir, verrät Mein Kommen in die Sphären deiner Menschlichkeit und Unbeholfenheit, Verflixtheit und Mixtur.

Was nun Mich betrifft, ist das Vermischen und Vereinigen mit allem, was da *ist*, die reinste Gnade der Allherrlichkeit, die Ich mit dir zu teilen jederzeit gewillt Bin, wenn du nur beide Hände bietest zum erbaulichen, beschaulichen und gottvertraulichen Planetendeal. Was in dir Wüste war, wird neuerdings aufs Fürstlichste bewässert und vom Liebesdienst beseelt, den Ich dir vollumfänglich und begeistert leiste. Du bist ins Kraftfeld Meiner Tugend, ewigen Jugend und Behutsamkeit geraten, das dich befeuert, munter macht und stählt.

Das ist nun die Geschichte deines Dich-Verwandelns in ein Wesen des unendlichen Bezugs, sowie der unermessnen Güte, die Ich für dich hege. Landvolk, Stadtvolk, Herrschender und Dienender bist du und weisst dich dabei völlig unversehrt und wunderbarer Weise in dem Einen wohlgeborgen, das dich geistgemäss umgibt und dich mit zarter Hand ins universenweite Leben einfügt, dessen Part und Pracht und Wirklichkeit du Bist rundum und innig, wohlverwahrt und aufge-schlossen im Bewusstsein der Gottseligkeit in Mir.

3.18
Wenn auch dein biologisches Gespür dich immer vehementer ans Zerteilen feinster Fasern führt und obwohl die auf die Sterne angesetzten Gläser dir die

Sicht ins Universum bis ins Grenzenlose treiben, stössest du doch an die Schwelle deiner sinnlichen Maximen, die dir alles, was da *ist* in dieser Welt zu offenbaren scheinen. Das ist recht viel und doch gar wenig, wenn du der Gefühle und Gedanken inne wirst, die dich bei deinem meisterlichen Tun bewegen. Denn sie rühren schliesslich das Unendliche an, das Ich Mir Bin in deiner Form und deinen Fibern. Was kann dich weiter bis ins Seinserhab'ne und Allgöttliche führen, ist die Frage - und die Antwort darauf: Deine Sinne müssen schweigen vor der feingestimmten Botschaft, die *Ich* aus der Geistwelt liebevoll in dein Erkennen ströme. Das eröffnet dir die Schau auf eine Wirklichkeit von alles überragendem Bedeuten und erklärt dir, was du Bist und was Ich Bin in deinem Dich-aufs-Innigste-Verwundern.

Was vordem halb und dürftig war, wird ganz und ausgesprochen majestätisch und subtil. Du Bist, Ich Bin und alles ist dasselbe Sein von überirdisch dargestellten Gnaden. Ein glückselig Ende findet, was nie Anfang war und was mit glück- verheissender Gebärde zu dem Einen führt, das alle *sind* und wunderbarerweise ewig in Mir bleiben.

3.19

Komplex und kapriziös ist Mein Verhalten alleweil im Krisenmanagement, das Ich beständig zu betreiben habe. Lasse Ich die Leinen los, geht alles drunter und drüber. Zieh Ich sie an, wirft man Mir vor, zu streng und quälerisch zu sein in Meinen Dispositionen. Das führt Mich dazu, ganz genau nach Meiner Einsicht und Entschiedenheit, Erfahrung und Bewusstheit vorzugehen in der Absicht, stets das Allerbeste aus der Situation herauszuholen. Allmählich Bin Ich in den Ruf der

Weisheit und der All-Gerechtigkeit bei den Getreuen Meiner Gunst gekommen, wie auch bei der Kunst, das Leben anzupacken und dem Sinn gemäss zu führen.

In Meiner Philosophie des Daseins lässt sich alles munter, wohlbegründet und verbindlich an, was Ich zugunsten Meiner werteschätzenden Geliebten unternommen habe. Die ehmals kritischen Gemüter neigen so zur Ansicht, dass Mein Duktus und Befehl Bestand hat und das Hohe, wie das Niedrige befördert nach dem Masse seines Fortschritts, seines Anstands und des angemessen Über-sich-Verfügens.

Die Geschichte geht nun weiter mit der Lektion, die Ich im Sinne deines Wohlverhaltens Meinem gegenüber aufzurollen habe. Du bist Mensch und Ich sei Gott, glaubst du zu wissen, das ist auch nimmer zu bezweifeln. Doch was könntest du denn ohne Mich im Mindesten bewusst und wirklich, tatenträchtig und erfolgreich sein? Ist dir nicht alles und das Hinterletzte, das du darstellst leichterdings und liebevoll verbindlich und vertraulich, akkurat von Mir verliehen worden? Damit aber bist du ein exaktes Spiegelbild von dem, was Ich Mir Bin und für dich überlege. Somit bist du nicht nur Mein in deinen Gründen, sondern Mich mit allen Attributen, die das ewig unveränderliche Sein sich seit Äonen zugelegt und zugesprochen hat in seiner wunder-vollen Weise, zugleich fern und nah zu sein, bezaubernd, reserviert und allumfassend in der Tugend des Begeisterns und Beförderns seiner Lieben.

Sinn und Sein bist du gemäss der Würde und Bewusstheit deines sittlichen Empfindens und damit ein adäquates Mitglied in der Menschengötterschar, mit überirdischer Vernunft und Glorie geschlagen. Merk dir das und sei nicht mehr so zimperlich in dem, was du als Wesen Meiner Kompetenz und Weitsicht, Wirklichkeit und Animosität vollbringen willst. Es hat sich schon Myriadenfach erwiesen, dass ein starker Wille und ein redliches Gemüt exakt dem Meinen gleich agieren und demzufolge reüssieren in der Unerbittlichkeit und Liebenswürdigkeit, die allen Göttlichen gebührt und innewohnt in auserlesnen und bewundernswerten Meisterzügen.

3.20

In Memoriam der Ungezählten Meiner Seelen, die dem Weltenkrieg ihr Leben hingegeben haben. Ihres Opfers würdige und liebevolle Stätte Bin Ich, ihres Glanzes Glanz und ihrer Demut güte- wallendes Asyl.

Was bei dir Verlust sein mag, ist Mein Gewinnen an Vertrauen in Mich selbst, indem Ich Unver- gängliches in Mir erkenne und Unerhörtes leiste, um dahin zu kommen, wo die Freude überwiegt und Meine Sendung als erfüllt betrachtet werden kann im Numinosen.

Ich Bin der Wert, der allen Werten innewohnt und Bin den Leidenden Gesang im wunderbaren Einklang mit der eigenen Natur, den Ich erkannt und weidlich ausgekostet habe. Glückauf für alles, was Ich Bin, ist die entscheidende Parole, die dem Leben Güte zuerkennt und sakrosankte Wohlfahrt in den letzten Zügen. Du bist Mir ein Pfand der Hoffnung auf Erfüllung Meiner grandiosen Taten, bist der Seidenglanz des Werdens im erschüttern- den Allhier, wie auch der Gläubige von Meinem Duktus und Befehl.

Ich habe keinen Schimmer vor dir zu verbergen und belebe deine Nächte mit dem Strahlenbund elysischer Gefälligkeit am Sein, das Ich dir mitten auf den Weg gegeben. Trachte du nach Sinnkraft und gehörigem Verständnis deiner selbst und du bist schon gerettet in die Fülle Meiner Gnaden und Verheissungen der Freuden des Elysiums, die dich für jetzt und immer wunderbarerweis beseelen.

3.21

Ich erreiche aller Dinge Dunst und Kunst und Überfluss in Meiner generationenlangen Wachsamkeit und Wirkung an Mir selbst im Myriadenfachen. Aufwall und Vergluten, Taktik, Herzensgüte, Witz, Wahrhaftigkeit und potenziertes Selbstvertrauen sind vonnöten, um in diesem, Meinem Ausmass, Schöpferkunst und Offenbarung Meiner selbst in Fülle zu betreiben. Stichhaltig, resolut und unbeirrbar Bin Ich im Entfalten Meiner gigantesken Pläne für den universenweiten Vorstoss ins Unendliche, was Mir zur höchsten Ehre und Bewunderung gereicht von Seiten der Vasallen, die Mein Werk und Meinen Wink aufs Trefflichste begreifen.

Ich erlebe und bewege alles, was Ich will, mit allergrösster Selbstverständlichkeit und tiefster Einsicht in die göttlichen Strukturen, deren Wohlfahrt, Wertgewinn, Geringel und Salut Mir allernächst am Herzen liegen.

Kennst du einen, der noch mehr als Ich vermag, beeile dich, es vor Mich hinzutragen. Jedem höchsten Herrn muss Huldigung gewährt sein, aber bislang, sag Ich dir, gehört sie Mir allein im Geiste der Zurückgebliebenen, wie vor Mir Hergetriebenen in Meinem Hirtenamt, geduldig und gelassen, wandersüchtig, gütig, solitär.

Indem du deinen Blick zu dem erhebst, der *ist* und minutiös und makellos agiert in seinen Wundern, wirst du selber dich erheben von der piepsenden

Verlorenheit des Kükchens zum sich selbst und Mir vertrauenden Idol der Stärke, wie dem Mahnmal der Geschmeidigkeit und Liebenswürdigkeit im Umgang mit den Vielen. Du laborierst - und weckst die staunenden Gemüter Mal für Mal, wenn du sie sachte oder kräftig anrührst in der Absicht, allem was da *ist*, einen unschätzbaren Dienst und Nutzen zu erweisen.

Immer weiter in die Bruderschaft der Sternenwelt will Ich dich ziehn, indem Ich dein Bewusstsein von dir selber weite ins Unendliche und geisterfüllte Medium der Sphären Meiner allerfüllenden Gewissenhaftigkeit im Für-dich-Dasein, väterlich und mütterlich, allherrlich, seelenvoll, gedankenschwer und kapital.

3.22
Jeden Aufruhr, jede Herzensbitte will Ich dir in Seinsgelassenheit verwandeln, wenn du nur die Gnade hast, Mein Sein in dir und allen deinen Aktionen gegenwärtig und akut zu sehen.

In Meiner Kräfte Zug erfüllt sich auch die strahlende Verheissung, dass Ihnen nichts und niemand widerstehen kann, wo immer sie sich in das Weltensein verfluten. Nun ist es für dich an der Zeit, aufmerksam auf das zu werden, was Ich ganz persönlich für dich und deine Lebenssituation bedeute. Denn es ist ein hochbrisanter Unterschied ob du, in dem was du dir Bist, Mein Wirkens Genialität und Fruchtbarkeit gewahrst oder ob für dich ein Nichts dahintersteht, wenn du das Tun der Welt betrachtest im Allhier.

Ich würde meinen, dass ein Mensch sich aufs Entschiedenste und Wohlbekömmlichste in Mir geborgen fühlen kann, wenn er sein Schicksal wesentlich als Meins betrachtet in der Lebenszeiten

Flug, Verbindlichkeiten, Seinsentzücken und Falaria. Was immer du in deinem recht naiven Duktus und Erwarten unternimmst, ist eben zugleich Meines allgewaltig ausgebreiteten und wohlbewahrten Unternehmens Stil. Ist dir das ins Blut, Gewissen und Gemüt gegangen, wirst du seinsbewusst und tapfer an Mir hangen, wie die Traube am Geäste, wie die Ähre am, vom zarten Wind bewegten, Rohr.

So darfst du ohne jeden Vorbehalt von Meiner Gunst das Günstige erwarten und dich als ein von Mir Beschatteter und Auserlesner sehn. Das ist dann, was dich alle Freuden des Elysiums erleben lässt in deinem liebestrahlenden Bewusstsein, das Mich meint und alle Wesen Meiner Güte, Seinsgerechtigkeit, Erhabenheit und wunderbar beseelten Harmonie.

4

Deine Lebenszeit mit bittersüssen Runden

4.1

"Mon Dieu" wird mancher ganz spontan, entsetzt und blanko rufen, wenn er Mich so reden hört vom Geist und seiner Güte, vom zeitenlosen Wesen, das Ich Bin und das du Bist in deiner gottgesegneten Natur. Da trifft es sich vorzüglich, dass Ich Meiner selbst bewusst bin bis ins allerletzte Detail Meiner sagenhaften Seinsstruktur und dass Ich dir dieselbe Wahrheit und Wahrhaftigkeit nicht länger vorenthalten will in deiner kläglichen Tendenz, die Lebenszeit mit bittersüssen Runden um den heissen Brei herum recht nutzlos zu vergrasen. Dabei Bin *Ich* genau das, was du suchst und zugleich meidest, was du wissen willst, indem du recht gewissenlos an Mir vorüberhastest in der Tage Glut und Stichelei, Krawall und Roulette, ohne sie zu hinterfragen.

Mach dich auf zu Mir, will Ich dir sanft und seelenvoll bedeuten, indem du *Mich,* statt deiner, Reden und Agieren lässest, warmblütig, geistvoll und erhaben über Tod und Teufel, Juckreiz und verschrobne Phantasien. Was Ich von Mir, wie dir, behaupte, hat unendlichen Bestand, derweil Ich es im Selbsterfahren weiss und dir somit die blanke, federleichte Wahrheit sagen kann im allerbesten Sinne, den es zu erfüllen gilt, genau in dieser Zeit des wahrhaft Wunderbaren.

Wenn du dir vorstellst, welche Chancen und bedeutungsvollen Kräfte in dir liegen, magst du eine Ahnung kriegen von der Unbeschwertheit, Genialität, Kapazität, Konstanz und Gottesgüte, die noch in dir verborgen sind. Diese Schätze sanft und sicherlich ans Tageslicht zu heben, sei dein künftig Hochgebet und Zielen. Desgleichen sei es deine Bitte an den Urgrund aller Dinge, wie die Quelle deines Heils im gütesprudelnden Umfangen, das Ich dir durch Zeit und Ewigkeit, Verbundenheit und durch hauchzarte Winke seligmachender Natur aufs Innigste gewähre.

4.2

Gesammelt und gestählt und mit dem Lächeln der Holdseligkeit versehn, betrete und beglücke Ich die Weltenszene, um Mich zu erbauen und vermehren, willevoll, gerechterweis, natürlich, konsequent und wahr. Nun gilt es, dich in alle Meine Künste mit Geschick und Überzeugungskraft gebührend einzuführen, dass du als ein Herr und Herrscher deiner kleinen Welt, genau wie Ich in Meiner grossen, dastehst, um dein Schicksal meisterlich, minutiös, melodiös und philanthropisch der Vollendung zuzuführen.

Geist in Geist wird sein auf deiner vielversprechenden Chaussee, und die Gebärden deiner Kunst und Zünftigkeit, Bewusstheit und holdseligen Allüre werden Meinen, wie ein Ei dem andern, gleichen, eingebettet in die seinsumspannende Struktur.

Dazu braucht es ein gar inniges Im-Kern-Verschmolzensein zwischen dir und Meiner absolut gefälligen Synthese zweier Welten, die Mir selber immer nur als eine einzige erschienen sind im grossen Wertverteilen. Deinen eklatanten Mangel an gebührender Erkenntnis wirst du mit bedeutendem Erfolg begleichen. Damit aber wirst du deinen Status Quo in wunderbar geschliffnem Mass bis ins Unendliche erweitern, wo sich dir elysisch angehauchte Züge zeigen und das Weltensein in auserlesner Güte, Liebenswürdigkeit und Trautheit vor dir steht, Seinsbeglückung zu gewähren.

4.3

Grenzbereiche sind für Mich in jedem Fall ein faszinierend Ornament der Vielgestaltigkeit, an dessen Nachvollzug und Überwindung Ich Mein Können aufs Entschiedenste und Allerbeste stähle. Ein Ansatz für gerissne Lösungen besteht im unermüdlich und ideenreichen Forschen nach den Komponenten, die dir das bisher Unerreichte merklich näherbringen, bis auf einmal das unmöglich Scheinende in elegantem Schwunge möglich war. Wenn zwei dasselbe tun, so ist es eben nicht dasselbe, und in diesem Fall bedeutet das, dass deinen ungezählten, kläglichen Versuchen Meine wenigen, wie Nacht und Tag vollendet gegenüberstehn. Was kann es da Vernünftigers und Kostengünstigeres geben, als Meine Hilfe anzurufen, wo es klemmt und wo der seinserfahrne Klempner noch gerade recht ist, dich aufs Vorteilhafteste und Legendärste zu beraten. Ich schicke Mich in dieses Schicksal und verspreche dir, Mich stets zu deinen Gunsten einzusetzen und dir mählich zu eröffnen, welchen Vaters Kindlicher du Bist im Übertragen Meiner Rechte auf die deinen, seinsbeglückend, redlich, spannend, licht und wunderbar.

4.4

Klammheimlich und gelassenen Gemüts Bin Ich aus Meiner Welt in eine andere hinabgestiegen und habe sie zu dem verwandelt, was sie heute ist, mit allen Schrullen, Zuversichten, Dehnbarkeiten und Verwerfungen, mit denen sie zu kämpfen hat und Ich desgleichen in der Wiederkunft der Tage, wie der überragenden Verbindlichkeit und Grazie, die sie von Meiner Seite rings verbreiten.

In diesem Kontext gilt die überragende Parole von dem Sein, das alles *ist*, was ist und das, in einer nie verebbenden Synthese, aller Welten Wirklichkeit und - Widersprüchlichkeit aufs Innigste durchflutet. Daraus ergibt es sich, dass Meine Kompetenz und Klugheit, Genialität, Gerissenheit und Güte als ein blankes Wunder jedes noch so spärliche Gefunkel und Gelicht betrifft und es zur Perle stilisiert in wunderbar gesegnetem Betreuen.

Was ist nun deine Absicht: Diese Wertung, Wohlfahrt und Maxime anzunehmen und geflissentlich danach zu handeln oder sie in Bausch und Bogen zu verwerfen und damit ein Chaos ohnegleichen anzurichten auf dem Tableau deiner Weltenspur? Das Dazwischen ist die Lösung in der Evolutionen Sinnkreis, Meisterschaft und Motion.

Unberührbar kann Mich niemand nennen, der schon einmal den Kontakt zu Mir gefunden und erlebt hat. Das ist nun wieder eine Runde der Gefälligkeit an Meinem gotteswürdigen System, das Ich erfunden und zu aller Zeit gehätschelt habe.

4.5
"Kein schöner Land in dieser Zeit, als hier das uns're weit und breit". Was ist das unsere, ist hier zu fragen? Es ist die ganze farbenprächtige Palette fein erfahrener Verhältnisse und Stützpunkte im Leben, deren Zeuge wir uns sind und die uns tief beglücken, wenn wir's nur vermögen, sie im rechten Lichte anzusehn.

4.6
Jakobiner sollst du werden, den Stab behändigen und losziehn vom Lago di Constanza über die Toggenburgischen Hügel gen Süden unentwegt

und munter Santjago di Compostela zu. Wer wallt, wallt zugleich auch dem höchsten Ziel entgegen: einen angemessnen Reim zu finden zu sich selber auf der Pilgerschaft durch weiss Ich was wie viele Leben und Verkörperungen in des Daseins Weltenwurf und Spiel. Da trifft es sich gehörig und markant, dass *Ich* im Grund das Zepter führe über alle sichelnden Bewegungen der frommen Pilgerschar. Du selber wirst noch lange nicht erfahren haben, wie viel Eifer Ich darauf verwende, Meine abervielen Angebinde auf dem rechten Weg zu halten, der da heisst: spornstreichs ins langersehnte Ziel.

Kennst du dein Ziel, will Ich dich füglich und vertraulich fragen? Jo, jo, ne, ne tönt's wenig überzeugt aus deiner mangelhaften Einsicht in die wesentlichen Dinge deines Daseins im Allhier. Das aber ist die Krux, dass du wohl vieles, allzu vieles weisst und dennoch am Entscheidenden, allwie ein Blindgeborener vorüberstocherst, ohne einen Deut vom ewig Gütigen, das Ich dir allzeit Bin, gebührend zu gewahren.

Du mäanderst, trickst dich aus und schlenderst ziellos vor dich hin, derweil Ich dich in allem Ernst an Meinen Fürstenhof berufe, der da heisst: Jerusalem, Elysien und Gott mit dir in allen Wendungen und Variationen, die du dir denken magst in deinem Ungenügen an der Welt der Dinge und Erschöpfungen, Verluste und Verirrungen en masse, minütlich, täglich, lebelang.

Mir ist es unbedingt daran gelegen, die Erkenntnis deiner selbst voranzutreiben, minutiös, recht-schaffen, stilvoll, sanft und gütig deiner Götterglorie entgegen.

4.8

Also: Ruhig bleiben, guten Rat erteilen nach Vernunft und Sitte und im Weiteren den Zeichen Folge leisten, die Ich dir verleih im grossmanierlichen Geschnäbel, das dich stets umbrandet und umtost. Nicht so bedeutsam ist es, was um dich geschieht, doch wichtig ist, wie du gelernt hast, dich darin geziemend zu verhalten. Deine Tat am Ganzen macht den Unterschied, und dein Vermächtnis sei, die Welt manierlich himmelan zu führen. Es reicht, dass du gedankenkräftig repetierst: Es wird schon gut und besser werden. Denn mit diesem schöpferischen Akt bewirkst du die ersehnte Wendung zu Mir hin, der Ich dein Ein und Alles Bin im Tal der Leidensträger, wie der Könige, die beide ihren Teil zur Einheit allen Lebens beizutragen haben.

Kannst du wählen, wähle Mich und ohne lang zu überlegen. Denn es gibt nichts Bodenständigers und Wirklichers als das, was Ich dir Bin in deinem all so unentschlossenen Benehmen. Ich stehe firm und fest auf götterlichtem Standpunkt und kenne kein Bedürfnis, selbst im Mindesten zu wanken oder resignieren in der Wohlfahrt, die Ich Mir zugelegt und anerzogen habe.

Hast du den Willen, Mir gehörig und devot zu sein, verwandle Ich dich in die Situation des Prinzgemahls, dem eine Welt zu Füssen liegt und Huldigung erspriesst en masse von Seiten seiner Bürger und für ihn Beschäftigten im Götterstil. Denn alles, was geschieht, geschieht um Meinetwillen und ist förmlich dazu angetan die Ehre und den Seinstriumph zu mehren, der in allem, was da *ist*, gebührend Urständ feiert und Erhabenheit gewinnt nach wunderbaren Noten.

"Er ist Mein Herr und Gott", sollst du beständig sagen und "Er hat seinen allpräsenten Thron in Mir errichtet, um der Einheit Willen, die das Sein in allem hegt und pflegt und strahlend weiterträgt in die glückseligmachenden Äonen".

4.9

Modern sein will noch jeder in der kurzen Spanne seines Auftritts auf dem Erdenrund, das lässt ihn unermüdlich nach dem Allerneusten haschen, das da ersonnen ist von irgendwem. Schöner leben, wohlgefälliger sein, ist die geflügelte Parole, die so manchen durch das Leben führt und damit auch verführt zu immer neuen Wünschen nach Bequemlichkeit, Vergnügen, hohem Ansehn und Verwirklichung zahlloser Pläne, die dem Fortschritt und dem fortgesetzten Willen zum Erfolg und Fabelhaften dienen.

Das alles mag nun recht und schön sein, doch so neu und glanzvoll, lecker und erstrebenswert es ist, es haftet ihm der Makel der Vergänglichkeit und des nur allzu raschen Schwindens an, bis es verschwunden ist auf Nimmerwiedersehn.

Das soll es dann gewesen sein, verwundert sich die nimmersatte Seele und beginnt zu hadern mit des Schicksals wütender Willkür, die alles will und nie das Wirkliche erreicht, nach dem sich Millionen Herzen sehnen.

Das ist dann der Moment, wo Ich in dir zur Geltung und Erscheinung kommen kann, als die Erkenntnis des Unendlichen, das dich durchflutet und belebt, zum Wirken antreibt und dich nie verlässt für Ewigkeiten. Wirst du Meiner inne, wandelt sich dein Sinn und statt zu raffen, teilst du aus, statt einsam, bist du brüderlich vereint mit allem, was da *ist*, im Welten-, wie im Himmelsleben. Du wirst frei und freier im bewussten und vertrauensvoll von Mir gesättigten Agieren. Deine Wege gleichen sich den Meinen an und die Gestimmtheit deines Herzens schlägt in Freude um am Sein und Leben, zukunftsträchtigen Gebieten, wie am Weilen in der göttlichen Gelöstheit und Entschiedenheit, namhaften Stärke und unnennbar seelenvollen Ruh. Wahrhaftig dominiert, was Ich Mir Bin, in jedem Schlupf und jeder Ecke dieser Welt, wie jener, dass du sicher sein kannst auch in deiner Hemisphäre, als Garant von Stärke, Unbescholtenheit, Redseligkeit und sammetsanftem Weilen. Du brauchst dir nur den Gang in deine labyrinthnen Tiefen zuzutrauen, um schlussendlich in dir selber zu erfahren, was du wirklich Bist, indem Ich in dir Bin, apart von dem Gezeter tausendfacher Nöte.

Meister der Geselligkeit und Anmut, Liebenswürdigkeit und Generosität Bin Ich im grossen Stil, was auch dich einschliesst in dem Kleinen. Ich mache Mir kein Hehl daraus, dass alles Seiende, hinunter bis zur letzten Faser an Mir hängt und Meiner Art und Weise zu regieren, dirigieren, sanft zurechtzuweisen - und brutal. Der Zweck der Übung aber ist es alleweil, Mein Volk emporzuführen ins Bewusstsein des Elysischen, das von Mir ausgeht und das All erfüllt im Geistessinne, wunderbar besänftigend und loyal.

Was das für dich bedeutet, kannst du nicht erdenken, sondern nur erfahren im erkennenden Gefühl und das ist dann die Wende hin zur Grossmanier, in die Ich dich seit eh und je gezogen und erzogen habe.

Was die Ermahnungen betrifft, die Ich dir wachen Sinns hinüberreiche, weisen sie auf etwas brandneu zu Erreichendes und Einzustreichendes in deinem Dasein hin, das dich aufs Allerzärtlichste befriedet und erhebt, beglückt und in dir selber sicher werden lässt, als dein selbeigener Prophet der Güte allen Seins und Sich-Erlebens, jeder Wendung des Geschicks und schliesslich der Gottseligkeit im allnatürlichen Relieve.

4.10

Kantor im verschwenderischen Lobgesang von eigener Regie Bin Ich, aus allerbestem Holz geschnitzt und prächtig, mächtig im bestechenden Variieren. Wortgewandt aus vieler Quellen Schmelz und Himmelsgrazie Bin Ich in wohlbegründeter Manier und aus der reinsten Lust am Diskutieren und Parlieren, vehemente Stösse abzufangen und Backenstreiche auszuteilen, lustvoll und agil. Das belebt die Daseinsszene aufs Entschiedenste und bringt Weisheit und Gewissenhaftigkeit, Konformität und Spirit Meiner träfen Art unter das geneigte Publikum, um es gebührend zu erbauen und wie geschleckt zu amüsieren.

Merkantilerweise zieh Ich Tantiemen ein von jeder Meiner Äusserungen, denn es lässt sich viel bestimmter lernen, wenn es etwas kostet, und für das, was es dir bietet, gar nicht viel.

Traust du dir zu, Mein Wort nicht nur zu hören, sondern es zutiefst in deinem Szenensein zu integrieren, geht dir manches Licht auf und erhellt und überflutet manches, was vordem in tiefem Dunkel lag. Ausgezeichnete Reformen sind Mir so gelungen auf jeglichem Gebiet, das Ich seit eh und je beack're und begiesse. Beweglich und begierig Bin Ich, wie das Wiesel, Meine Sprünge zu vollziehn, um der Wesenswelt zu zeigen, welche Fülle, Feinheit, Klugheit und verehrenswerte Tatkraft in Mir liegen. Mein Verständnis, wie Mein Katalog der Werte sind so grandios, dass Ich galant und überschwänglich von Gedanke zu Gedanke hüpfen kann, ohne je den Einfallsreichtum zu verlieren.

Kommst du zu Mir, so präsentiere Ich dir willig, was Ich meine und versetze dich in eine komfortable Lage vor den Massen, die dich staunend in den Stadien sehn. Stets bist du umjubelt, ob dem Glanz, der Fertigkeit und Figalanz, die du verbreitest, selbst ohne Den zu kennen, der dich sicher führt, sodass du jedem Absturz elegant entgehst. Sichtest du dein Wesen als ein Teil von Mir, wirst du noch sicherer und seelenseliger, bewusster und loyaler vor die Menge treten und die höchsten Künste, die dir von Mir eigen sind, mit Wonne präsentieren. Das ist dann die Fülle allen Tuns und führt direkt zum wundervollen Omega in Dem der *ist* in allem das unnennbar süsse Sein von Gottes Ebenmass, Bedeutung und erfrischender Regie.

4.11
Die Perioden überwachen Daseins sind die Kostbarkeit persönlich, deren Ich Mich hierzulande, wie in dem der generationenlangen Liste der Urväter, lächelnd rühme. Die Vollbewusstheit und glückseligmachende Entschiedenheit befördern Mich im allerbesten Sinn zu dem, was Ich erfülltes Menschengötterwesen nenne, denn es gliedert sich direkt dem Allerhöchsten an. Empfinde, was du Bist, will Ich dir hierzu ganz begeistert sagen und gewähre dir damit genau das Richtige, das deiner Laufbahn angemessen ist, direkt ins ewige Gesunden.

In der so erlebten Fülle wird es dir leicht gemacht dir vorzustellen, dass das Unergründliche in höchster Weisheit und Perfektion im Adel der Beharrlichkeit, wie in des All-Erfüllens Zauber aufs

Bekömmlichste und Makelloseste in sich beruht und seines Soseins Würde und Erhabenheit aufs Köstlichste geniesst seit aberwilligen Äonen.

Sein Name ist "Ich Bin" und seine grösste Tugend die Beständigkeit im Guten und Gerechten, die ihm innewohnt in seinem Reduit und Resumee, lichtvollen Sanktuarium und seelenvollen Geistesglanz in ewigem Götterruhme. Das alles wird auch deine Wendung sein zum Wirklichen, das du dir in Mir Bist, als Artgenosse, Integrierter und Verklärter mehr und mehr. Es geziemt sich dir, dein strahlendes Bewusstsein dorthin abzugreifen, wo du Ursach findest zu erkennen, dass du wirklich und wahrhaftig, erhaben und erhoben Bist, lauter und gesellig mit den Bossen und Gelehrten wahren Seins, vom Feinsten unterrichtet und im Reinsten weilend, geistesmächtig, seelenselig, meisterlich und ingenös.

4.12

Tadellos erfüllt sind Meine Pläne in des Daseins Wunder, Wirklichkeit und Poesie. Beschaue Ich sie Mir, fällt Mich Entzücken an, ob all der Weitsicht, Zukunftsträchtigkeit, Natürlichkeit und Schwebeleichtigkeit, die sie beleben. Was immer würdig ist, aufs Allerwerteste und Wohlgefälligste, Gediegenste und Wonnevollste in sich selber zu bestehn, ist hier vor aller Augensterne Blinken gedankenkräftig und stabil, salut und seelenvoll der traulichen Verwirklichung empfohlen. Was die Absicht generiert, ist in Mir so gut wie aufgegangen, glühend hell an farbenfrohen Horizonten, wie bedeutungsvollen Flüsterns in der Morgenstille der von Mir gesegneten Natur.

Das ist es, was du fein säuberlich in *Meinem* Sinn und Gestus, Wohlgefühl und strahlenden Vollzug vermehren sollst an deiner Stelle des Erscheinens in der Dingwelt, als von Mir getrieben und belebt, behütet und aufs Schicklichste auf Trab gehalten. Bist du nun einmal so, so kann Ich dir versichern, dass Ich in dir haarklein, kapriziös, leichtsinnig und loyal genau dasselbe Bin, was du dir zu bedeuten scheinst. Begreifst du das in reiner Fülle des Erkennens deiner selbst, hast du den grossen Preis gewonnen, der da *ist* und der dich in die höchste Herrlichkeit erhebt. Du Bist und bist im Sein das ewig wirkungsvolle Agens der All-Göttlichkeit in wundertätiger Gewähr und ewig unerschöpflich sakrosanktem Bleiben. Und fühlst du dich in Mir geborgen und geliebt, so weiss Ich Mich in dir aufs Trefflichste zur All-Präsenz erhoben. Eins ist alles, was da *ist* im Geisterreiche, das das Seins-natürliche umschliesst, durchströmt und liebevoll behütet.

Für Mich ist es nicht statthaft, dem all so Kindlichen, Naiven und Entwicklungsträchtigen diskret und würdig aus dem Weg zu gehn. Ich stelle Mich beständig und gewissenhaft den vielen, dräuenden Gefahren und Frakturen, die sich Meinem Götterwerk entgegenstellen, indem Ich lenke, Stumpfsinn korrigiere und fabelhaft Gewordenes befördere nach Strich und Faden mit dem unbedingten Können, das Mir innewohnt.

Allem ist gegeben in Mir All-Macht zu erringen und All-Güte zu verbreiten in der liebevollen Tat nach Meinem Muster und Bewähren, Meinem Tugendwandel, wie glückseligen Bewahren reiner Unschuld und geheimnisvoller Ruh in namenlos geheiligten und wonnevollen Göttersphären.

4.13

Vorsicht ist geboten, wo von Gottes Dominanz und Wirksamkeit gesprochen wird im öffentlichen Raum. Denn es ist nur allzu rasch geschehn, dass Trügerisches sich ins Dargelegte mischt und falsche Fährten aufgelistet werden. Allein die menschliche Vernunft ist eben nicht das Nonplusultra aller Weisheit, die da ist von Mir ins Weltenspiel gegeben. Da braucht es übersinnliches Erkennen und Benennen, wie die Dinge richtig unumstösslich und wahrhaftig stehn. Nur Mir ist es gegeben, solchem Anspruch zu genügen: *über* dem, was Ich verlauten lasse, sicher zu bestehn. Dir obliegt's, im schweigenden Betrachten, Meiner Stimme und Gestimmtheit hörig und gewiss zu werden, um des gerechten Waltens Willen im Allhier. Sendung nenne Ich, was dich allzeit bewegen soll, in Meinem Namen aufzutreten und wahrhaft Gewichtiges zu sagen und zu tun.

Das ist dann die Erfüllung dessen, was Ich in dein Menschensein gelegt und in ihm eingerichtet habe. Du gewinnst an Achtung vor dir selber und damit vor Mir in unerhörtem Masse und erweckst die Freude und Begeisterung am Dasein, so wie Ich es immer wollte und wie es den Würdigen und Ausgezeichneten aufs Innigste gebührt. Maturanden haben Mir's besonders angetan in Bezug auf sehniges Gedankenspiel und mustergültiges Benehmen, wenn es darum ging, bei einer Prüfung ein paar Pünktchen mehr für sich herauszuschlagen. Was Verstand hat, ist auf Erden hoch geachtet, denn es kann sich seine Brötchen selbst verdienen und darüber noch viel mehr. Doch im reinen Geistraum, den Ich zu vertreten und dir zu eröffnen habe, muss das Herzgefühl und die Erkenntnis dessen, was da *ist*, dezent vorhanden sein, um tadellos vor Mir zu stehn und dementsprechend auch zu reüssieren.

In deinem Seelengrund ist alles, was du wirklich brauchst, vorhanden und braucht nur erkannt, befördert und gepflegt zu werden, um zur vollen Blüte zu erstehn. Da geht es darum, deine Gottverbundenheit zu klären und in ihr wie neugeboren aus der Herdenwolke auszubrechen und dich selbst als Jünger und Versierter der Allherrlichkeit zu sehn. Das Tor ist weit, Ich habe dich zum Fest geladen und es ist an dir, hindurchzugehn und Meine Strahlenwunder zu geniessen. Komm und sieh und lass dich von des Himmels Güte ganz durchströmen, als im Bade der Geburt ins Ewige, Beseligende und Entzückende, das immer voll Erwarten in dir war. Warmen Dank und freudige Allüre bringe Ich den Meistern ihres Fachs entgegen, die in jahrelangem Üben eine so brillante Fertigkeit in ihrem Tun erlangten, dass sie von niemand übertroffen werden können. Genau in ihnen Bin Ich grandios geworden, derweil sie ihre Kräfte allerbestens anzuwenden und zu kontrollieren wussten. Wachsam, wie sensible Schnüffelhunde, sind sie sich selber gegenüber, währenddem die Glieder sausen und die Sinne brausen vor Begeisterung am Sein und Leben. Da ist jede Willkür fehl am Platze und das allerfeinste Zögern macht den Nimbus der Vollkommenheit im Nu zunichte, der da glänzen will im Lande als ein Stern am Horizont der nachtdurchtränkten Horen.

Bist du denn ein Meister dir geworden, Bin *Ich* es noch viel mehr und übertreffe jeden Ansatz zur Erhabenheit und Einzigartigkeit um ein Beträchtliches im Nu. Das lässt Mich froh und selbstbewusst, begeistert und besinnlich werden an der Kunst, Mich auszusprechen, segensvoll und wunderbar.

Minutiös und magistral muss vorbereitet werden, was vor vollem Haus verkündet werden soll; federleicht soll wirken, was erwiesnermassen schwierig und langwierig zu erreichen war. Umso stürmischer erschallen dann die Ovationen für den Ausbund der Geschicklichkeit in seinem Elemente, wie dem Meinem. Hast du begriffen, was es heisst, Mein Bild in dir zu tragen, wirst du bald zum Vorbild und gefeierten Symbol der Auserlesenheit im Weltgetriebe. Ist das nicht apart und wunderschön? Grossherzig und gediegen trittst du auf und kehrst als Sieger in die Heimat wieder, wo Ich dich erwarte und dir Glückseligkeit, Bewusstheit deiner selbst und himmlische Gerechtigkeit gewähre.

4.14
Auf Augenhöhe operieren, ist Mein Gastgeschenk an alle, die mit Überzeugung und Gewissenhaftigkeit in Meinen Diensten stehn. Wenn du nur wüsstest, was es heisst, den Schatz von Gottes Ebenbildlichkeit mit sich herumzutragen: Dein Selbstbewusstsein blühte, glühte und verspielte sich voll Eifer dem Unendlichen entgegen.

Ihre Durchlaucht müsste man dich nennen aus begründeter Manie, das Hohe, Lichte anzuhimmeln, das da in dir rege ist und dich gedankenvoll, warmherzig und beseligend durchflutet. Derweil du schweigst vor Mir, wirst du behende, wie von Engeln, ins Bewusstsein der Allherrlichkeit getragen und verstehst dich als ein Wesen der vollendeten Ergebenheit und Seinserhabenheit. Wahrhaftig bist du, von Mir in die Pflicht genommen, Hüter eines Sanktuariums von höchster Würde, wie Verkünder einer Botschaft der Gelassenheit, Holdseligkeit und Gottesminne von unendlichem Bedeuten und von einer Liebenswürdigkeit, die ihresgleichen sucht. Da lohnt es sich auf keinen Fall, den Vorteil, der dir inne ist, mit irgendetwas zu vergleichen, denn da kann nichts ähnlich sein mit dem, was *Ich* dir Bin und was Ich in dir zur Vollendung treibe.

Siehst du Mich als Muster der Geselligkeit und Liebeszartheit an, so kann Ich dich mit ebensolchen Werten reich, bedingungslos und feierlich bedienen. Eine Wahlverwandtschaft ohnegleichen hebt sich himmelan und nützt der Welt, der Menschen, wie der engellichten Wesen, traut und hehr.

Was hier verspielt ist, ist zugleich aufs Trefflichste gewonnen in der Vielfalt der Gelegenheiten, Mehrwert aufzubauen von erheblichem Bedeuten, wie dem Wohllaut göttlicher Geschmeidigkeit, die Ich vertrauensvoll und liebenswert um Mich verbreite. Tust du Gutes an Mir, kann Ich dir genau dasselbe antun in den Niederungen wie Erhabenheiten, deren du dir immer tunlicher bewusst bist in des Lebens Stationen, Stadien und verwandlungssüchtigen Gepflogenheiten.

Wie schicklich und manierlich ist es da, als eine unvergängliche Redoute einfach da zu sein und, alles registrierend, sich der vollendeten Beschaulichkeit und Musse hinzugeben. Derweil der Körper buddasitzend träumt, ist deines Geistseins Attitüde quicklebendig und bereitet sich das Fest des Einsseins mit der Gottheit im Allhier. Wesenhaft vereint mit Mir, darfst du dich Glückseliger der Sphären und Begünstigter Elysiens nennen, zweifellos und mutig, sakrosankt und seelenselig in der Traulichkeit und Himmelszartheit Meiner herzensguten Weiten.

4.15

Eine meisterhafte Korrektur in *Meinem* Sinn und Geist hält dich auf Trab und auf der rechten Fährte, lebelang, gezielt, bewusst und loyal, trotz deinen unermüdlichen Versuchen, auszubrechen aus der sicheren Umhüllung Meines Anstands und Vollbringens. Denn Ich *Bin* der Weise, derweil du aller Weisheit Regel und Redoute stets von Mir erbetteln und erschleichen musst, in deinen schüttern Erdentagen. Ohne Mich bist du ein namenloser Luftibus, an dem kein guter Faden auszumachen ist, bei aller Akribie des Zählens und Erwählens. Demnach Bist du alles, was du darstellst, Meinem Sinngehalt gemäss und darfst dich rühmen, eines Gottes Konterfei, Produkt, Schaubild und gelehriger Protagonist zu sein, in deinen wunderbaren Fähigkeiten und Finalen.

Ich züchte, was du Bist, in Meines Seins Gehege und erstatte dir auf jeden Fall, was du an strotzendem Gewicht verlierst in deinen Runden, Eingebundenheiten und Gefälligkeiten, als von Mir gegeben und geprüft und liebevoll und tunlich hochgehalten.

Kennst du die Geschichte deines Seins von innen her, wirst du nicht länger an dir selber hangen wollen, sondern hängst dich längelang an Mich, den gnadenvollen Tröster und Bedecker deiner Havarie und deiner masslos angehäuften Schulden. Denn Ich zahle für dich, ebenso wie Ich für Mich dafür bezahle, dass du Bist und dass Ich in dir Bin der Vater aller deiner Dinge und Errungenschaften, der Ernährer und Behüter deines hochbrisanten Lebensstils.

Schmiegst du dich Mir an, so findest du mit einem Schlag Erlösung von den Unbotmässigkeiten und Problemen und gerätst in einen Taumel der Begeisterung, ob der Gewähr und Hoffnung,

Klarsicht und Erhabenheit, die Ich dir hier entbiete. Sieh dich in Meinem Geiste wahrhaft grandios und lass Mein Schicksal, als das deine, füglich, leidenschaftlich, tröstlich, liebevoll und faszinierend in dir walten.

4.16

Gemeinsamkeit zu feiern, geht so mancher aus und kehrt einsam und verbittert zu sich selber wieder. Das ist ein bedauernswertes Phänomen der Eigensinnigkeit, mit der so mancher operiert in seinem Leben. Er hat das Allgemeine nicht begriffen, das da *ist* und das Ich liebevoll verwalte. Wunderlich verwundbar sind *die* immer auf sich selber zielen und nach Ernte gieren, ohne vorher tüchtig ausgesät zu haben. Da wird es zu ihrem Schicksal, dass sich niemand um sie kümmern will und sie sich selbst zur Einsamkeit verdammen, mitten in des Lebens vollgestopftem Pool.

Sich an die Welt vergeben heisst, mit Haut und Haar Mir anzuhangen und Vergebung zu erlangen von so vielen Eigenwilligkeiten, die das Menschenherz durchziehn. Du spürst das Du der Welt als ein bewundernswertes Gegenüber, dem du Achtung und Barmherzigkeit, Ergebenheit und Makellosigkeit entgegenbringen sollst. Dabei erfährst du, dass Ich alles Bin, was *ist* und fügst dich nahtlos in die Zeile der Verständigen, die Mich in alledem begriffen haben.

Nun wähle zwischen dir und Mir und wähle gut, indem du deine Gegenwart vergissest und nur noch Meine lässt bestehn. Das ist dann die Krone deines evolutionenlangen Suchens nach der Billigung der Weltendinge, die dich rings umgeben. Sie sind alle eins und einem Einzigen entsprungen, das Ich Bin und das sich selbst erfährt im universenweit gestaffelten Erfahren. Ich mache Mir ein Fest daraus, Mein Sein als das All-Einige zu wissen und gedankenkräftig zu bestehn. Darüber muss Ich nimmer streiten, weil, was Ich weiss, Wahrhaftigkeit bedeutet und ins Reich des Offensichtlichen gehört. Was aber ist so offensichtlich wie die Einsicht, dass Ich Bin und dass Mein Wesen Geisteskraft und Wille, Leben und Empfindung ist in wunderbar begeisternder Synthese. Unsterbliches Gefüge tritt in ihm hervor und überlebt, wo Leibliches und Leidenschaftlichs von ihm abfällt, heil und hell, wie neugeboren. Glückselig, wer in dieser Weisheit, Wissenschaft und Überzeugung steht, von holden, gottgeweihten Genien umgeben. Das ist nun die höchste Wohlbekömmlichkeit des Lichtspiels, das Ich mit Mir selber treibe, der Aufgang, wie das Niedergleiten Meiner Gunst und Güte. Es ist der Wohlklang und die ewige Wiederkunft allherrlicher Gedanken, Herzgefühle und Erhabenheiten schöpferischen Tuns, die Meine Fülle sind, Mein Alphabet der Hoffnung, Meine selige Zuversicht und Mein, in alle Weiten ausgesprochenes, glückselig-machendes und wonnevolles Amen.

4.17
Ich fasse Fuss, wo noch so viele niederstürzen; Mein Werk wird auch im Finstern sonnenhell getan und drängt sich selber unerbittlich der Ver-wirklichung und der Veredelung entgegen. Knaben-haft gewachsen, trete Ich beherzt und siegessicher selbst vor Riesen an und fälle sie mit klug gewähltem Stoss. Schonungslos zum Kampf bereit Bin Ich schon immer dann gewesen, wenn Hemmnisse sich vor Mir türmten und Verwerfungen en masse zu überwinden waren.

Leisetreterei ist nie von Mir betrieben worden, Schächte habe Ich ins Mächtige getrieben, Balustraden übersprungen und Geronnenes in Wallung, Rage und Betriebsamkeit gebracht. Was vor Mir liegt, wird baldigst hinter Meiner Forschheit liegen; darauf giesse Ich holdselige Sanftmut in Mein Tun. Was Ich auch immer Mir erwähle, strotzt von Nützlichkeit, Robustheit und Genie. Das alles ist Mir unbedingt zu eigen, fugenlos und rasch, richtig und plausibel, selektiv und sozial.

Kennst du nun den Dreh, mit dem Ich alles unternehme, kannst du selber dich verfüglich machen für dieselben auserlesenen Gebräuche und Manieren. Denn Mein Grundsatz lautet: Alles, was Ich kann, will Ich zum vornherein der Welt vergeben, die Ich Mir zum Zeichen Meiner Künstlerschaft und Gunst erschuf. Somit bist auch du ein massig Teil von dem, was Ich gezielt zur vollen Blüte treibe, und, indem Ich immer in ihm bleibe, auch von Mir.

Das ist es, was Ich Gnade, Glorie des Himmels und All-Güte nenne, dass Ich dein Sein Bin überall, wo du dich aufhältst, kommst und gehst in deinen Wundern, Strategien und Verpflichtungen Mir und den Lebenswelten gegenüber. Dein Duktus ist der Meine, deine Züge Meinem Ziehen adäquat und dein Gelächter Meinem Lächeln untertan.

Heil dem, der so sich selbst, wie Mir, gefällig ist und Unwahrscheinliches vollbringt im Sein und Sichten, Sanktionieren und Gewichten, Tugend, Jugend und Genie erzeugen, lichtvoll, geistreich, schlüssig, zart und zirkular.

4.18
Balance zwischen den Dingen ist für dich vonnöten, um im Dasein trefflich und manierlich zu bestehn.

Du wanderst oft recht ziellos durch die Zeiten und vergräbst dich in Geschwindigkeiten, Luxus-bastionen, Karambolagen und Versicherungen, wie die blanke Wut in deinem so forcierten, widersinnigen Gehaben. Wie findest du den Weg ins seinsharmonische, von Ruh durchzogene Kapitel deiner schicksalsschweren Tage, ist die Frage, die dich, ebenso wie Mich, im Innersten bewegt? Da gibt es leidlich gute Argumente für ein schickliches Erholen am gepflegten Ufer eines Waldsees oder auf der Insel der verführerischen Wohlbekömmlichkeiten nach dem Mass, der Musse und Moneten, die dir eigen.

Das ist mitunter recht gedeihlich und im Nachhinein auch wunderschön. Doch ist es keines-wegs in Reinkultur das, was die Seele ständig sucht und nimmer findet im Kommerz, der sie gefangen hält in ihren erdenbürgerlichen Tagen.

Da trete Ich beharrlich und entschieden auf den Plan und wirke und bewirke erst in Einzelnen und dann in Myriaden das dezente Wunder der Verwandlung des Bewusstseins in ein höher-wertiges, geklärteres, mit dem allgöttlichen ver-bundenen Gewissen von der überirdischen Vernunft in allem, was da *ist* und handelt und sich selbst erlebt. Das ist dann der Sonnentag der strahlenden Glückseligkeit für alles Sein und Leben, ausgegossen in den Geist der ewigen Natur für allezeit in Freiheit, Wohlgesinntheit, Wonne und Behagen.

4.19
Gewaltiger der Sphären Bin Ich kurzerhand genannt von denen, die besonders intensiv Verlangen nach Mir in sich tragen. Das bedeutet, dass sie Meine Gunst und Güte, Meinen Nimbus und Mein

Strahlenreich vor allen anderen erreichen. Da geht es um das Wesen der Allherrlichkeit, das Ich Mir Bin und das in allem Schwebenden und Strebenden, Natürlichen, wie Übersinnlichen beständig seines Seins Triumphe feiert und getrost und seelensicher seines Weges geht im Unergründlichen.

Dauert es dich, geistig Abschied von der angestammten Welt zu nehmen? Ist sie denn wirklich so bezaubernd und so süss, dass dir die Tränlein überlaufen, wenn du sie verlassen sollst, um eine höhere zu betreten. "Was Ich nicht kenne, mag Ich nicht erhaschen", ist die gängige Parole, die sich die Bequemen noch so gerne hinter ihre schlappen Ohren schreiben. Doch den wahrhaft Tüchtigen ist es, wie nichts, daran gelegen, hinter die Geheimnisse der Lebenswelt zu kommen, um darin neue, grandiose Abenteuer zu bestehn.

Demnach magst du dich entscheiden ob du, trauend Meinem Wort, ins Ewige schreiten willst, gestärkt vom Seinsvertrauen, das Ich dir gewähre. Bald wirst du so erfahren, welche Sicherheit und Harmonie dein Herz bewegt, wenn es, vom Unendlichen berührt, das Heil des Himmels spürt und in ihm Gnade und Erbarmen, Hochgemutheit, Friedefertigkeit und Freude findet, liebevoll und zärtlich, mannhaft, würdig und gediegen.

4.20
Ewig waltende Glückseligkeit in Meines Seins omnipotentem, seelenvollen Reich des Friedens und der Harmonie. Himmlischen Genügens Offenbarung hüllt Mich zärtlich ein und vermehrt die Wonne, deren Ich Mich leichterdings und immerzu erfreue im gesegneten Allhier.

Makellose Einheit, Übersichtlichkeit und Trautheit herrschen hier in der gelassnen Heiterkeit des

Weilens. In der Weihe der Allherrlichkeit, die Mich beseelt, ist es ein Treffliches, zu sein und Mich in Mir selber zu erleben. Heiligmachenden Bewusstseins tret Ich vor Mich hin und resümiere, was Ich Bin: Das Wesen nie verebbender, glückseliger Geselligkeit mit allem, was Ich um Mich ausgebreitet seh, als Sein vom Sein, das Ich Mir Bin, in unaussprechlichem Genügen. Wortlos, zeitlos, raumlos, tatenlos und weise ist die Soupplesse Meines Daseins, dessen Ich Mich wohlgefällig und gewandt verseh.

Von solcher Hoheit strömt hinab in unermesslich traumverlorne Tiefen - Meiner Güte, Wachheit, Wohlgesinntheit und Bewusstheit Pol. Was in Mir denkt, geb Ich dem All gebührlich zu bedenken. Was sich in Mir erfühlt, wird sich genauso überall erfühlen und Meines Willens Kraft entfaltet sich in jedem Wesen, das da will und will in Mir sein Sein aufs Trefflichste, Holdseligste und Tapferste vermehren.

4.21
Dein Bewusstsein ist beständig auf dem Weg ins abergrosse Glück der Sphären. Was du nicht weisst, ist hier voll Geist der höchsten Seligkeit Erbauen, sieh, deinem Herz soll es gegeben sein, Mir glutvoll und beseligt zu vertrauen. Ich spreche aus, woran Mir liegt und lasse Meine Sehnsucht spielen nach dem, was in Mir webt und siegt in wunderbar gestähltem Zielen. Es ist geheim und ist doch dein, was allem ist gegeben: das makellos erhabne Sein in aller Wesen Universenleben.

4.22

Den Kaftan tragend gehe Ich genau so würdig und geschickt durch Menschengassen, wie jeder andre, der Ich Bin, im leuchtenden Talar. Ich recke Mich und strecke Mich in jeder noch so zweifelhaften Situation Mir selbst entgegen, um sie aufzuhellen und zur Lösung zu gesellen auf der wunderbar ereignisvollen Götterspur.

Karg, beschämend, unbewusst und rustikal sind Meine Erdentage all so lange, bis Ich in ihnen Meine Götterdominanz erfahren und verwirklicht habe. Das ist dann die Erfüllung dessen, was Ich seit Äonen mit Mir wollte und noch immer will in jeder Zelle Meines Seins und Sinnens, Endens und Beginnens wirkungsvoll und wahr.

Was Ich hier betonen und bemustern will, ist, dass Ich Bin in jedem Zweiglein, Zwitter und Gewitter Meiner selbst der seinsgewandte, sakrosankte Pfleger und Erreger der Allherrlichkeit in allen Reichen der Natur, wie der von Kraft erfüllten Geistigkeit, in der Ich ewig, unverwüstlich throne.

Tauchst du in sie ein, so siehst du dich, wie der beglückte Märchenprinz, in Mich verwandelt. Fähig bist du, deines Seins Bedeutung zu erkennen und damit in Makellosigkeit, Glückseligkeit und Gottesminne zu erblühn.

4.23

Das Friedevolle dominiert in deiner Welt Beschauen. Du fühlst ein Etwas dich berühren, das dich zur Erkenntnis der Erhabenheit und Mustergültigkeit des genialen Schöpfungswerkes führt, dem ein bewundernswerter Meister vorsteht und von dem die Weisen schreiben: Der "Ich Bin" ist allem eingegossen und hat alles, was da *ist* erfunden und beschlossen, ausgeufert und dem

Sinnkreis menschlicher Vernunft und Herzensgüte, Loyalität und Dankbarkeit anheimgegeben. *Sei* und wisse, dass du Bist und räkle dich im Segen der Allherrlichkeit und Gottesgüte, Vollbewusstheit, Rüstigkeit und Eleganz, wie der Vertrautheit mit dem Ewigen im unerschütterlichen Einklang mit der Weltenharmonie. Das Mit-Ihm-Verhandeln ist zugleich Vermitteln und das Handeln von der Absicht und Entschiedenheit geprägt, grundehrlich und loyal zu sein im Morgendämmer glückerfüllter Zeiten. Es folgt daraus der Herzensfriede in der Not, das gläubige Vertrauen in Bedrängnis, wie der Mut zum Glauben, dass sich alles noch in Gottesminne löst.

4.24

Vorschläge, Zuschläge: Die von Mir zur Erde gesandten Begriffe sollst du dir genauestens hinter die Ohren schreiben. Das ergibt dann ein Benehmen, das dein Leben und Bewusstsein mählich ändert, einem Umfassenden zu.

Deine Meinung von dir selbst erfährt den grössten Wandel, den man denken kann, derweil du wissend dastehst als das Seiende, das *ist* und sich die Welt zum Schauplatz seiner Taten generiert.

Was ist nun gründlicher zu nennen: Das Gasthaus oder der, der's schuf, der Landsitz oder der, der ihm Gestalt und Dasein, Wohlgefälligkeit und Wärme, Witz und Traulichkeit verlieh? Wie bist du doch darauf versessen, eigenständig, klug, gerissen und solvent zu sein und hast noch nicht begriffen, dass dir alles, was du Bist und hast aufs Generöseste geschenkt ist von den Kräften, die dich gütlich in sich tragen. Du hast ein mustergültig Abenteuer zu bestehn vor Meinen Augen, Meinem Richtwert, wie der Fülle Meines Über-dich-Verfügens. Traust du dich, Mir alles, was du Bist, aufs Schicklichste anheimzugeben, steht Meiner Leidenschaft für Edles und Vollendetes nichts mehr im Wege. Ich kann dich führen, über Schlünde tragen, verwöhnen und verzärteln wie Ich will, in reiner Absicht, dich beseligt und beglückt am Weltenwerk zu sehn. Bitte mach es Mir nicht schwer, im Sinn des Ganzen, Gloriosen und Saluten zu agieren, denn nur *Ich* Bin eigenständig, schöpferkräftig, wirkungsvoll, wahrhaftig und global. Was du dir Bist, bleibt immer Meine Sache. Was du gebierst, entspringt aus *Meinem* Kreisen und versierten Zugestehn.

Nur *Meinem* Einsatz ist es zu verdanken, dass du handlungsfähig, gastronomisch und solvent zu sein vermagst, und das zu checken, wird der allergrösster Fundus und Verdienst, Transit, Erfolg und Fortschritt sein in deinem, wie in Meinem Mich-aufs-Hocherhabenste-Begründen.

5

Ein Wunderwerk von Werten

5.1

Schön der Reihe nach will Ich dir auseinandersetzen, wessen es bedarf, um deiner ganzen Lebenshaltung - Schneid und Fruchtbarkeit, Erhabenheit und Grazie des Himmels zu verleihen. Es gibt tagein, tagaus so viele Zeichen Meiner Wohlgesinntheit dir und deinem Hause gegenüber, dass du nur staunen müsstest, wenn du alle zu Gesicht bekämest und bewusst erlebtest in der Fülle deiner Zeiten.

Schon dein körperliches Wesen ist ein wahres Wunderwerk von Werten und Verhältnissen, die einander unterstützen, gängig machen und agil - und dir im Sinnensein die Welt in ihrer Farbigkeit und Überschwänglichkeit aufs Trefflichste erschliessen.

Kannst du wirklich glauben, dass dies alles sich von selbst aus niederster Materie zur höchsten Blüte und Beschaulichkeit herausgebildet hat, oder siehst du endlich ein, wie etwas äusserst Geniales und Gewissenhaftes, Herzensgütiges und Weises hinter allem steht, was *ist* und was Ich Bin in dir und allen ausgezeichneten Agglomerationen.

So schau denn hin, merk auf und *sei* und rieche die enorme Meisterschaft, die dich von Mir beflügelt und befeuert und von innen her dein Tun und Lassen animiert, bereichert und erhebt zu einem Kunstwerk der Begeisterung am Sein und seligen Brillieren.

5.2

Der Komet und eine Augenweide, ihn zu schauen, wie die Sagenhaftigkeit des Sternenhimmels und darin, im Geisteslicht, sich selbst zu finden: das ist der Seele inniglich erfahr'nes Wohl. Nun überlege dir, wie du es anstellst, überall nur Mich zu sehn, seinswahrhaftig und real, derweil dich eine unwahrscheinlich seligmachende Kaprize zur Erkenntnis führt, dass auch du selber Mich bist, in des Geistraums Fülle, die du dir mit ahnender Geduld geschaffen.

Mach es so, dass deine Phantasie sich Weltendinge vorstellt, worauf sie sich, erkennend und begeistert, liebevoll und wesenhaft bestätigt sieht in ihnen. Das ist dann das wunderbar beglückende Erleben der All-Einigkeit in Mir, mit Mir und in des Seins all-liebender Gebärde, ewig, herznah, geistvoll und gediegen.

Findest du dich hier bei Mir, ist alles eitel Wonne und gewinnendes Genügen um dich her, wie in der Inbrunst deiner Seele. Dir ist geoffenbart, was du dir Bist, unsterblichen Gewissens, gütestrahlenden Gemüts, wie, ins Unendliche erhobnen Hauptes, in der Geisteswürde, die dir eigen. Wahrhaftiges Erleben der All-Göttlichkeit ist deines Soseins Sinn und Weben. Das gebiert dir Herzensfreuden, Frieden, süsse Harmonien, Wonneschübe, wie erlesne Seligkeiten ohne Zahl.

5.3
Einsicht bietet Aussicht und herzinniges Verlangen nach der allerletzten Wahrheit und Wahrhaftigkeit im Leben. Das ist menschlich, licht und schön. Fasziniert und gläubig stehst du vor dem wissenschaftlichen Begründen zahlloser Erscheinungen und Ereignisse auf dem so viel gerühmten Weltenplan. Doch je tiefer du in seine Gegenständlichkeit und seine Vielfalt eindringst, umso rätselhafter, unerklärlicher und fremder muss dir vieles Aufgerissene erscheinen. Das ist, weil der alleinige Verstand nicht gänzlich an das Wesen der erlauchten Dinge und Geschehnisse heranreicht,

die da *sind* und immer weiter sollen. Es muss das Herz mit wachsender Geschicklichkeit und Kompetenz, mit träfem Spürsinn und begeisternder Rendite gleichfalls seine Meinung sagen.

Diese aber kommt unweigerlich von Mir und Meinem himmlischen Begründen dessen, was die stumpfen Sinne nimmer sehn. Nur durch Mich kommt lautre Wahrheit an den Tag und wird sich auch im ganzen Menschentum verbreiten. Das aber läutet die ersehnte Stunde ein, wo Menschliches und Göttliches sich brüderlich vereinen und wunderbare Klarheit herrscht darüber, was du *Bist* und was wir alle *sind* im irdischen, wie überirdischen, Verfügen.

Spürst du nun, wie wunderbar barmherzig und geschickt, berufen und erhaben Ich Mich gegenüber dir erweise, in der somnambulen Sicherheit, mit der Ich ständig operiere. Ich weiss und giesse Meine Licht- und Lebensleichtigkeit in alle offnen Seelen, die Mein Wort und Meine Seinswahrhaftigkeit aufs Trefflichste begreifen.

Aus der Fülle in die Fülle will Ich Meine Lieben senden, aus dem brennenden Geheimnis ins herzinnige Verstehn und aus der Klugheit ins poetische Vereinen aller Dinge und Gegebenheiten in des reinen Seins Beglücken und Befrieden im erstrahlenden Allhier.

5.4
Wissen ist nicht alles, was du brauchst, um dich zu Mir zu führen. Herzensgüte, Takt, Wohlwollen und dezenter Sinn für Harmonie sind Werte, die dich ganz besonders Meinem Urgrund näherbringen auf der lebelangen Wanderschaft zum höchsten Ziel.

Kann es etwas Wohlgefälligeres geben, als genau zu wissen, wo es lang geht auf der gottgefälligen

Gedankenspur, die dich um alle Ecken, Kanten, Fährnisse und äzenden Frustrate dirigiert, die *sind* in Meiner Philosophie des Prüfens und Belohnens, Fuchtelns, Schwingens und Holdseliges-Geflüster-Intonieren. Dein Vorbau wird bestimmend auch dein Nachbau sein in allen Lebens- und Gewissensdingen, denen du Beachtung schenken sollst in deinen Wundern. Nicht jeder, der da will, kann auch das Rechte wollen, solang er nicht das Sein zum Zeugen und Vermittler dessen anruft, was er tut - und das Bin Ich, allgegenwärtig, schlicht und liebevoll und wunderwirkend schön. Hast du das begriffen, greifst du in die Räder deiner Welt mit anderer Befugnis und Begeisterung, Manierlichkeit und Willensstärke, als dies vordem war. Es überfluten dich Mein Licht und Meine Wahrheit in der Überfülle der Gezeiten und Gelegenheiten gut zu sein und würdig in das Reich der Mitte deiner selbst zu treten, das das Meine ist, mit allen Konsequenzen, Relevanzen, Hocherhabenheiten und Entzückungen, die ihm zuinnerst eigen sind.

Verhalte dich zu deinem, wie zu Meinem Wohl und suche stets, was droben ist. Dann wirst du selber es auch sein und darfst dich rühmen, *Meinem* Sinn und Geist gemäss die Himmelsbläue aufzuziehn, zum allerschicklichstem Genügen.

5.5
Nur dass du *Mich* von Geist zu Geiste *Bist*, ist hier gefordert, träf, bekennend, triumphal. Das ist das Höchste, was Ich dir und deinem Anhang bieten und gebieten kann, im Wunder der Geschichtlichkeit, das sich aus Mir erhoben.

Du kommst, du gehst, doch immer ist dein Wesen reine Selbst-Verständlichkeit im Glück des Ewigen, das dich, wie Mich beseelt in glamourosen Geistesgründen. Wachsam sei, um Meine stete Gegenwart in dir zu spüren, liebevoll, um *Meiner* Liebe würdig und gerecht zu werden. Du kannst Mich nur begreifen, wenn du deine Seinsbegriffe Meinen vollends angleichst in der Tugendhaftigkeit der Szenen, die du generierst. Noch bist du jung und unerfahren in der Kunst des Seins und hast unendlich viel zu lernen von dem, was Ich als dein Schicksal vor dich hingelegt und auserlesen habe.

Gründlichkeit und kluges Disponieren ganz nach Meinem Stil sind dir vonnöten, um famoserweis zu reüssieren und das Sollgut zu erreichen, das dir angemessen ist in deiner Tage Flut und Beben.

Gestatte Mir den Ausdruck: Wahre Güte ist das Siegel der Barmherzigkeit an allem, was da *ist* auf deinen Zügen, von Mir aufgeprägt und eingelassen.

Ganz natürlich und jovial Bin Ich mit dir und deinem Sein verbunden und statte dich mit allem aus, was dir gebricht in deinem Aufstieg zum geselligen Lichterglänzen.

Du bist wahr, weil Ich wahrhaftig deine Stärke und der Nimbus deiner Zuverlässigkeit und Treue allem gegenüber Bin, was deine Taten krönt und unvergänglich macht im Fürstensaal des Lebens. Kapital ist, wenn du Meinen Wortschatz in dein Herz geschlossen, silberhelles Jauchzen, wenn er ausbricht und sich segenspendend und loyal in alle Welt ergiesst.

5.6
Auf dem Altar der Welt bringt sich das Allerhöchste dar, um Seiner Schöpfung Frieden, Harmonie und Heilung zu erweisen. Das ist nun gerade das, was Ich am Allermeisten will und wofür Ich willentlich den höchsten Preis bezahle. Es geht nicht an, dass

Kräfte, wie die Meinen, auch nur die geringste Unruh in sich spüren, derweil sie weltgewandt und ewig heiter ihr erhabnes Schöpferwerk vollbringen.

In allem wahrhaft Schöpferischen muss ein Göttliches zur Geltung kommen, das, sich selbst gewiss, in absolutem Freisein und Gelassensein agiert im universenweiten Wirkkreis, der ihm eigen. Aus Gutem muss Geläutertes und aus Geläutertem Vortreffliches erspriessen, in Meines Daseins unablässigem Pulsieren.

Von *einer* Überzeugung wirst du elegant zur andern hüpfen, wenn Mein Wort dich stählt und Meine Siegestour der deinen vorgelagert ist in makellosen Windungen und unablässigem Steigen.

Meines Ratschlags Sinn begreifend und befolgend gehst du unentwegt der Herrlichkeit Elysiens entgegen, die sich deinem Antlitz strahlend, wie die Sonne, offenbart und deiner Seele Wohllaut ist in liebenswürdigem und lauterem Erlaben.

5.7

Sei und sichte, was du immer warst in Meinen siebenseligen Gründen. Zum Kapitän der Weisheit hab Ich dich geschlagen, damit du deinen Wert erkennen magst im ewigen Allhier. Dazu bist du bestimmt, vom Sein Erkenntnis zu erlangen und ihm nachzugraben, wie der Bergmann seinem Flöss, rigid, ursprünglich und verbissen.

Wo das Manifest der Wahrheit blinkt, Bin Ich Mir guter Dinge und gehalten, mit Gedanken voller Kraft zu leben. *Meines* Teils gewiss, sollst du in aller Ruhe schweigend in Mir stehen und handeln, glänzenden Gemüts und gütestrahlenden Vollendens.

So sind die, die *Mich* sind, endlich auch geworden: unzimperlich, legal und majestätisch, wie der

Abendstern am Firmamente, wie Braut und Bräutigam vor dem geschmückten Traualtar. Hast du Mich begriffen, lässt sich alles wie geschniegelt und gebügelt an. Geschliffen sind die Steine, die dir funkeln sollen in dem Kabinett der Wissenschaft von deinem Dich-Begründen und damit von der Schau auf was du Bist, glückseligen Befindens in der Trautheit deiner Geistesgüter.

Was Ich dir verkünde, ist schon längst getan im Zeitenlosen, dem alles, was da *ist* verpflichtet ist in unerschütterlicher Weise des Sich-selbst-Erlebens. Schrittlos kommst du Mir beständig näher in den Weiten des erstrahlenden Bewusstseins, die Mir eigen. Ausgesprochen freundlich will Ich dich empfangen und umfangen, wie der Vater den verlornen Sohn, wie der Werber die Geliebte, die für alle Zeit verschwunden schien. Dann darfst du dich in Wonnen des Elysiums wiegen, darfst unbehelligt hin- und wiedergehn im Garten Meiner Lieblichkeit und warmgefühlten Gegenwart des Absoluten, das Ich Bin und ehrenvoll verteidige, als oberstes Prinzip und Patronat, dem alle, die da *sind* zu huldigen haben.

Meinem Status ist mitnichten etwas beizufügen, weil Ich Mir selber allen Fügens Fuge Bin und allen Ratschlags Unterweisen. Klärt sich der Himmel auf, so ist es *Meines* Klarseins Unterfangen, prangt er in Feuerfarben, zünde Ich ihn an in lohender Gewissheit von dem Schönen, das Ich laufend produziere. Willensstark und weise richte Ich Mich in Mir selber ein und lade alles, was da *ist*, zum feierlichen Mahle der Allherrlichkeit in Gottesgründen, wie im Mark des All-Erscheinens hier und dort und überall, wo Ich zugegen bin, begeisternd und behutsam, seelenvoll und ewig heiter, taufrisch, licht und morgenschön. Alles in der Welt muss seinen Wert und seine rechte Weise haben; das Grandiose ist dem Winzigen aufs Innigste verwandt. Da ist die Frage wohl berechtigt: Wo stehst du und wohin soll gerade *Ich* Mich stellen? Formlos, farblos, zeitlos - Bin Ich doch in allem universenweit vertreten, was da *ist* und Bin der Stützpunkt des Geschwaders von Affären, die die Welt aufs Vehementeste bewegen. Kennenlernen willst du Mich, weil du nicht weisst, dass Ich *dich* Bin in allem Ernste, mit allen Fertigkeiten, Fabelhaftigkeiten, Funktionen und bewundernswert gestaffelten Tendenzen. Ich halte Mich zurück und Bin doch haltlos, wenn es darum geht, ein neues Sachgebiet zu generieren und gebührend aufzuziehn. Genialität, Ursprünglichkeit und Weltverstehn sind überall vonnöten, wo gelebt, gelitten und gestritten wird, und all dies ist von Mir ein Zeichen der Gefälligkeit, der Unerbittlichkeit, wie der grazilen Folgerichtigkeit im Ziselieren aller Dinge im Allhier.

Siehst du Mich als dich, so sind die Zweifel allesamt verflogen, was die Existenz, die Schaffens- kraft, den Fundus an Ideen, wie die Liebens- würdigkeit betrifft, mit der Ich unverwandt in dir agiere. Tröster Bin Ich in den Pressionen, Macher in den Machbarkeiten, die Mir unerbittlich ins Unendliche und Unerforschliche entgleiten.

Gerade du sollst dich als Meines Willens Kapitän und Abergründigkeit begreifen, sollst Wachheit der besondern Art erlangen, die begreift, was aberviele längst noch nicht begriffen haben: dass du Bist das Wesen der Unendlichkeit, Gestilltheit, Vielerfahren- heit und Himmelszärtlichkeit in einem. Die Verklärten Meiner Gunst und Kunst und Redlichkeit bergen dies Bewusstsein tief in ihres Herzens Gral und dürfen sich Erlöste nennen, feierlich Begnadete und Seelenselige in ihren meisterlichen Runden um den Gottespol.

5.8

Vorher, nachher ist ein riesenhafter Unterschied, vom Schlaf ins Wachen eingetreten. Deiner selbst nicht mehr bewusst liegst du im Bette da als was? Als Körper ohne Seele, als Wesen ohne Ich, an dem die nächtigen Stunden unbemerkt vorübergehn. Ich und Seele aber dürfen sich erkennen, als im unbehinderten, befreienden, glückseligmachenden und reinen Sein, das ihre Ursprungsheimat ist und ihres Aufenthalts vollkommenes Behagen. Was Spannung war, entlädt sich zu ereignisvoller Ruh. Bedrückung endet in der Kraft des Selbstbewusstseins, die vom Wesen des Elysiums was versteht.

Da kommt nun Meines Reichs Dimension zum Tragen, wo alle Weltendinge Gegenstand des Sich-Erinnerns sind. Hoch in die götterlichten Hierarchien fühlst du dich erhoben und fühlst dich als ihr Teil in wunderbarer Einigkeit mit ihnen. Das wissend zu erfahren, wird auch deine Freude sein, dein Heil und deines Herzgefühls Bewahren. Unbeschwert und seelenvoll siehst du dich auf der sichern Seite und gewahrst das Götterherrliche, an dem du vollen Anteil hast im zeitenlosen Übertragen.

Ich wirke dahin, dass es auch mit dir so sei im Glück der Wahrheit, wie im wonnevollen Alles-Überragen.

5.9

Die höchsten Töne schlag Ich an, wenn die Gedanken um des Seins Erhabenheit und Vaterwürde kreisen. Wer sich vermag in diese Region zu heben, atmet absoluten Friedens Elegie, Beschaulichkeit in corpore und Grazie des Himmels sondergleichen. Es ist ein Aufstieg aus den Niederungen einer erdgebundnen Zeit ins Zauberreich des Ewigen, das in dir west, derweil noch deine Erdenpulse treu und wohlgemessen schlagen. Du überblickst mit einem Mal die Daseinssituation, in der du stehst und fühlst dich in ihr wie zu einem Fest geladen der Natürlichkeit am Sein, um darin den Auftrag Dessen zu erfüllen, der in allem ruhig seine Meisterkreise zieht.

Du wirkst aus einer Mitte überirdischer Entschiedenheit heraus und lässt dich keinenfalls beirren von den kleinlichen Querelen, die wie von weiter Ferne an dich stossen. Dein Dasein wirst du in beglückender Beschaulichkeit versinnen, derweil das Zeitliche an dir vorüberhastet, ohne sich nach deinen Aberwerten umzusehn.

So ist es denn gegeben, dass das Irdische sich mit dem Geisteswirklichen vereint in einer holden, goldenen Synthese aller Mächte, Kräfte und Gewalten, aller Liebenswürdigkeiten, graziösen Lebensdinge und Glückseligkeiten, die da *sind* von Mir ein Zeichen und Vollzug. Achtest du darauf, was in dir vorgeht, stülpst du deine Innheit vehement ins Ausserirdische, All-Weite und gewahrst dich in ihm, als das *eine*, allumfassende Bestehn.

Relevant ist, was die Götter in sich tragen, kurzschlüssig, was den kleinen Geistern vorbehalten ist in ihrem Um-sich-selber-Zirkulieren. Wähle, wessen Gunst und Güte, Zwiespalt und Radau du dich vermählen willst und was deine Absicht ist, als wirklich anzusehn. Der eine Weg ist mühsam, muterheischend und von Meiner Gnade sanft begütigend beschienen. Auf dem anderen ist Leichtsinn los, Verstiegenheit, Zerfahrenheit und Hochmut in der Tat. Es ist ein Auslauf ohnegleichen zwischen Skylla und Charybdis, dem Zuviel und dem Zuwenig, wie dem Himmlischen und

Höllischen, den du mit Anmut zu bestehen hast in deinem Dich-Verwundern. Mache auf und - zu, wie es dir einfällt, doch sei dir bewusst, dass dich ein Höherwertiges begleitet und bewacht, behütet und bestraft nach ehernen Gesetzen, als von Mir gerundet und ins All erhoben.

So ist das - und soll dir Ansporn sein zu makellosem Tun und Teilen, sinngemässem Weitergehn und Weilen. Merk dir, dass du Bist Mein Ich und Eigen, Meine Pflanzung und Mein Abbild der Allherrlichkeit in grandiosen Zügen. Richte dich nach dem, was dir dein Inneres besagt und wandle heiter und getrost, selbstsicher und dem Ewigen verwandt auf Meinen seinswahrhaftigen und liebevoll gepflegten Pfaden.

5.10
Kühn und koscher ist, was Ich seit Urzeit wissentlich betreibe, Schicksal bildend, Weltenlich und Seelenweben. Unerhört ist es, in solchen Dimensionen unentwegt zu wirken, um Mein Sein zu besseren Bedingungen zu führen. Es wogt ein Kampf durch alle Regionen Meiner sichtbar und agil gewordenen Bezüge, dessen Brodeln reinigend und klärend wirkt, um schliesslich in der Tugendhaftigkeit und dem herzinnigen Verstehn zu kulminieren.

Über allem sehr lokal gehaltnen Weltgeschiebe und –gepolter Bin Ich Mir der Inbegriff der Sachlichkeit und Ruh. Nicht die geringste Welle kräuselt, was Ich Bin, gleich einer spiegelglatten See, in der Ich Mich mit unverhohlenem Entzücken selbst beschauen und beglücken kann. So wie Meine Dinge, in die Pracht des Äthers eingebettet, liegen, find Ich keinen Anlass, etwas besser und vollkommener zu arrangieren. Alles ist auf

Evolution, Erfüllung und Vollendung angelegt und kann von jedermann ergriffen und zum seelenvollen Fortschritt seiner selbst verwendet werden. In unendlichen Strapazen schwimmend siehst du doch schon vor dir das ersehnte Ufer blinken und bestätigst dir damit die Ansicht, dass das Heil, die Wohlfahrt und der herzliche Bezug zu allem, was da *ist*, im Anzug sind am seinserlösenden Gestade.

Was immer du an Land gewonnen hast, wird dir für immer bleiben; wozu du dich erhoben, bleibt dein Eigentum, und alle Seinsbewusstheit, die du dir errungen, wird dich ewig freudig stimmen in der menschlichen, wie göttlichen Natur.

Das ist, weil *Ich* in dem, was in dir kämpft und brodelt, wese, um Ungebärdiges zu zähmen und Angeschwollenes gezielt und glaubhaft in die rechte Bahn zu leiten. Ich Bin die erste Ursach und deswegen steht Mir auch das Recht und die Bedingung zu, die Drift zu ändern oder festzulegen, die die Weltendinge von Mir übernehmen. Alles, was da *ist*, ist völlig unbescholten und sakral aus Meines Geistes Mutterschoss geboren und bewegt sich ständig in erhabeneren Runden - der Erkenntnis seines Eigenwesens zu, um schliesslich Mich in sich zu finden.

In dieser Perspektive klärt sich alles bestens auf, was noch verhangen ist und die in Rotation befindlichen Gemüter dürfen Hoffnung auf Beruhigung und Klarsicht in sich tragen. All so weide dich an dem, was du im Lauf der Zeit verlässest und was du alles noch mit majestätischer Gebärde über dich und deine Güter kommen siehst. Habe Meinen Schutzbrief stets vor deinen Seelenaugen und gebärde dich wie einer, der geschaut hat, was zum Heile, zur Beseligung und Eintracht, wie schlussendlich zur herzinnig aufgetrag'nen Labsal führt.

5.11

Ultima sapientia, Wissen von den letzten Dingen hat noch keinem Köpfchen Schaden zugefügt. Vielmehr ist es ein Erheben der so winzig angelegten menschlichen Struktur ins überragende, wahrhaft erspriessliche, gottselige Befinden.

Wissen folgt dem Glauben auf den Fersen, wenn dieser innig und zutiefst vertrauend war. Denn was du als gegeben vor dich hin denkst, wird sich auch verwirklichen auf raffinierte Art und Weise, als von Mir gegeben und getan. Dann weisst du, dass Gedankenkraft Beziehungen und Werte schafft im Geistgebiet, das dich umwittert und umwebt mit unerhörten Konsequenzen. Allmählich festigt sich in dir die Überzeugung, dass noch alles, was da in Erscheinung tritt, aus Geistigem erspriesst, als aus der eigentlichen Redlichkeit der Welt, von der die Sinnliche nur ein bedeutungsvolles Abbild ist in ihrem Prangen.

Es mag dir als vermessen und verkehrt erscheinen, wenn Ich dich daran erinnere, dass du ein geistig Wesen bist, wodurch dein hartgesottnes Wirkliches sich als verführerische Illusion erweist im grandiosen Ganzen einer Welt von *Meinem* sinnenden Begaben.

So ist denn nur das Meine wirklich wahr und kann dich mählich von des Gottes Würde und All-herrlichkeit, Bewusstheit, Willenskraft und Schönheit überzeugen. Er *ist* und du bist in ihm ein gewisses Element der Genialität und Herzensgüte, die ihm eigen. Das zu wissen und erfahren ist unendlich viel und kann dich heiter, hochgemut und seelensicher stimmen. Ermanne dich dazu, das, was du im Erkennen bist, allwirklich auch zu sein, um Mich in diesem so subtilen Punkte nimmer zu enttäuschen. Wahre Hoheit bleibt sich selber immerzu erhalten und geniesst den Vorteil seiner göttlichen Substanz in der Beschauung ewiger Heiterkeit, Entschiedenheit, Bewusstheit und unendlich süssem Herzensfrieden.

5.12

Ausgesandt von Meinem Thron sind Seinswahrhaftigkeit und Frieden. In die Länge, in die Breite schallt Mein Ruf der liebevollen Zuversichtlichkeit am Leben und gewinnt damit die Sympathie und Wohlgesinntheit aller Herzen, die da Bürgen sind für Seinsgerechtigkeit und Frieden. Konstruktiv und silbentreu Bin Ich mit jedem Wort, das, von Mir ausgesprochen, an die Menschenwelt ergeht, um sie zu führen und um Meinen Standpunkt der bewussten Wachheit und Vollkommenheit, Himmelsgrazie und Propagierung immerwährender Gesetze würdig zu vertreten. Seinsgeschickt und wohlberaten geh Ich vor, um zu bezeugen, welchen Sinnens Potential und Gnadenfülle Ich dem absoluten Vorzug zugeeignet habe. Das ist nun überall Mein goldgewirktes Scherflein, als Mein Beitrag zum Gelingen eines Ganzen von unübertrefflicher Bedeutung und Grandezza im faszinierenden Allhier. „Gross bist du und heilig", wirst du immer vehementer zu Mir sagen, je bestimmter du den Duktus und die Wohlgefälligkeit, die innere Gelöstheit und den Adel Meiner Werke kennst und schätzest, minutiös und graziös in ihrem nie verebbenden Sich-selbst-Behaupten.

Akkurat für dich und deinesgleichen leg Ich Fürbitt ein vor Gottes Thron und vor der Herrschaft Meines Die-Gerechtigkeit-Betonens. Unzählige sind von dem Richtspruch und der Güte Meines solitären Wesenstriebs betroffen, der allüberall Gewähr für Frieden ist und seelenvolle Harmonie. Wer gründlich ist im Geben, wie im Annektieren adliger Gepflogenheiten, kann nur *Ich* sein in den schwindelhohen Horten Meiner Geisteshöhn. Dort Bin Ich, Meiner selbst bewusst und Meiner Sendung eingedenk, der sakrosankte Führer und Erspürer der Geschichte, die in weisen Wogen durch die Zeiten zieht und alles mitnimmt, was da *ist*, um es zu fördern und schlussends der Seligkeit und Glorie des Himmels, wie der Geneigtheit des Unendlichen, zu übergeben.

5.13

Kein Einziger im allerheftigsten Getriebe kann sich Vater aller Dinge nennen ausser Mir. Was daraus folgt, ist eine lange Liste ausserordentlicher Fähigkeiten, die vom schöpferischen Flair bis zur bewussten, ingeniösen Introduktion der Schwerkraft reichen. Hast du unter Myriaden Galaxien auch nur eine einzige, rechteckige gesehn? Ich hab sie alle arrangiert und ihren Sternenlauf in die von Mir gewünschte Universenbahn geschoben.

Grandios ist alles Sinnenfällige ins Welten-strahlenlicht verwoben. Doch was die allerwerteste Bedeutung in sich trägt, ist von den Sinnen nimmer einzusehn. Dazu muss von dir, geneigter Mensch, ein wunderbar gesegnetes Bewusstsein und Erkenntniselement herangezüchtet werden, dem Ich Meines Geistreichs Grossmanier und Attitüde offenbaren kann. Für dein Sinnen scheint es nicht zu existieren, vor dem Sein jedoch liegt alles offen da, begreifbar, liebreich, gottgesegnet, namenlos gediegen.

So begeisternd ist es zu erfahren, dass das Wesentliche, unerschöpflich Dargebrachte, niemals untergeht, dass das im Sein Erlebte, in das weitgedehnte Tableau des Erinnerns eingefügt, von ewigem Bestand ist und damit den Sinn gebiert für's Leben. Nicht der mindeste Gedanke an den Tod ist hier vorhanden; was eh und je von dir, wie Zunder, abfällt, ist ein Nichts dem gegenüber, was du wirklich Bist und was Ich Bin in majestätischer Broschur und Sagenhaftigkeit, bewundernswerter Ethik, Toleranz, verspielter Zärtlichkeit und namenloser Herzensgüte.

5.14

Gedankenvoll und liebreich thront der Vater aller Dinge über dem unendlichen Allhier. Seine Geistesstärke schafft und schafft gezielt und innig Weltenpracht und seelenvolles Seinsgefieder. Wer erbaut, schaut auch voll Güte und Bewegtheit zu dem Seinen. Wer erlaucht ist, tritt in Selbstverständlichkeit und Wohlgemutheit vor sein Werk, um es der glückerfüllten Sendung und Vollendung zuzuführen.

Mir gelingt aufs Trefflichste, was immer Ich zum Gegenstand des kräftevollen Tuns erhoben. Mein Tagewerk vollzieht sich in Äonenschauern und gestaltet sich, Begeisterung entfachend, mehr und mehr.

Willst du einer von den Treuen sein, die aus den innewohnenden Talenten neuen Reichtum generieren und Mir davon den fälligen Tribut entrichten, oder ist unsinniges Verschleudern deiner Kräfte dein Idol? Die Freiheit des Entscheidens kommt dir zu und dennoch bist du mit unendlichen Verbindlichkeiten an das Sein gebunden, das Mein Ein und Alles ist im Rauschen der Gewässer, wie im Wogen der Gefilde und im makellosen Sonnenstrahl.

Nichts gibt es, was nicht *Meinem* Anstand und Geschiebe untersteht und anbefohlen wäre. Von keinem Lufthauch bist du überweht, ohne dass Mein Seinsgewicht und Meine Fülle mit im Spiele wäre. Demnach sieh dich vor, in welche Sache einzutreten du gewillt bist, denn überall ist Heiligkeit des Bodens und Erwiesenheit des Götterwillens angesagt. Du kommst und gehst, derweil Ich ewig unverrückbar bleibe. Deine Ziele sind vermessen, derweil den Meinen Machbarkeit, erfüllte Himmelsgrazie, sowie die Wohlgefälligkeit der Sterne innewohnt.

Mach es dir zur Pflicht, geradewegs Mir zuzuwandern auf den Pfaden des allherrlichen Begütens, die Ich laufend vor dich lege. Keine andern sind so unbescholten und so fördernd für dein Wohl. Erlabe dich an dem, was Mir schon längst zur Labsal ist geworden und verschliess dich nicht dem Drange, immer mehr von Meiner Güte zu erbitten.

Siehe, was *du* festhältst, lass Ich los und was du lernen sollst, ist, loszulassen, damit neue Fülle und Verheissung von Mir dich erreichen mögen. Ständig tritt das Unerhörte bei dir ein und allzu oft verschmähst du, es voll Freude anzunehmen. Sei dir Meiner Gnaden wohl bewusst und harre aus im Dienen an der Sache Gottes und des Lebens, wie am Glanz Elysiens, der friedvoll, taufrisch, morgenschön und tief beglückend über allem steht.

5.15
Der Kastellan bewacht sein Schloss wie seines Augenapfels Preziosum und gewinnt so das Vertrauen seines Herrn für alles, was es zu behüten gilt im Umkreis seines Schauens.

Sei du ebenso der hochbewanderte und angestammte Hüter und Begüter aller Schätze, die von Mir in deinem Sinnkreis operieren. Last but not least

verfüge Ich galanterweise über ein bewunderns-
würdiges System von vifen Meldeläufern, die mit
ihrer Geistesfracht von Mir zu dir, von dir zu Mir
beständig und behend, tatkräftig und manierlich,
liebevoll und dienstreich hin und wider eilen.
Dankbar und erkenntlich sind die Weisen für die
vielerlei Geschichten und Geständnisse, ver-
wunderlichen Anekdoten und beglückenden
Sentenzen, die sie solcher Art vernehmen. So mag
es auch dein Wille sein, wie Meiner, konsequenterweis und ingeniös auf dem Laufenden gehalten und
damit bereichert und beseelt zu werden.

Das ist nun die allerwürdigste und aller-
wesentlichste Wallfahrt, die sich in dem Weltensein
ereignet und dazu geeignet ist, Erkenntnis und
Erleuchtung zu verbreiten. So kann es dir und allen
immerzu zum Besten und Erhabensten gereichen,
wenn die Kräfte der Vernunft und Andacht feierlich
zum Zuge kommen und dir eine Herzenswohlfahrt
ohnegleichen generieren.

Komm und kaufe dich mit allen deinen Mitteln
schleunigst bei Mir ein, um, aller Sehnsucht ledig,
das allherrlich Zärtliche des Himmels gläubig und
glückselig, rechtschaffen, sanft und wohlerwogen
zu geniessen.

5.16
Keine Frage: Jedes Weltensein beginnt in Mir,
derweil das Nichtsein endet und das Wesenhafte
tritt hervor. Ich allein indes kann Mich berechtigt
rühmen, beidem zu gehören, weil Ich nichts und
zugleich alles Bin im weiten Feld der Definitionen.

Somit kann es in Mir weder Länge, Breite, noch
den Hochsprung geben und dabei Bin Ich das
Raumumfassendste, das *ist*, in seelenvollem
Selbstgenügen. Künder aller Werte und Begründer

Bin Ich, selbsterkoren und an sie verloren, die Monade und die Masse meisterlich gestaffelt und vereint im höchsten Thron.

Nun gilt es dir, herauszufinden, was du Bist im Kontext Meiner Überlegungen gerade so, wie deiner, was sich trefflich einen lässt im Zauber der All-Göttlichkeit und Minne Meiner Taten. Brauchst du Hilfe, kann Ich sie dir ohne weiteres verleihen. Stellst du dich dem Götterlichten und Beschaulichen entgegen, fehlt dir das Entscheidende auf deiner, von Mir impulsierten, Bahn. Friedlos, egozentrisch, ohne *Meinen* Nennwert irrst du, wie ein blindes Huhn, umher und rennst nach lukrativen Vettern und einträglichen Geschäften ohne noch den Sinn ein jeglichen Vermehrens einzusehn. Eine schroffe Wunde klafft in deines Herzens Brutgebiet, die verschlingt voll Wonne deine zappelige Kinderschar. Da stünde es dir trefflich an, den Lebenshebel konsequenterweis herumzudrehen, bis er in die eine, Meine Richtung weist im all so stressigen Betrieb. Wie von selber wirst du dann Mein Günstling und Vollbringer grandioser Siegestaten sein, indem Ich dein Gemüt mit wahrem Feuer der Begeisterung am Sein begabe. Vollbewusst und ewig heiter wirst du Meinen Duktus in dir spüren, und der ist nicht von schlechten Eltern, sag Ich dir.

Folgst du Meinen unsichtbaren Spuren, tragen dich die Schwingen des Unendlichen in Windeseile himmelan. Du Bist, indem du dich verlässest und Mir angehörst mit Haut und Haar. Dann gehst du mit den besten, höchsten Qualitäten, gekonnt auf Meinem Wesensgrund spazieren. Alles von Mir nimmt dich für sich ein und hält dich, wie die Fürstlichste der Bräute, liebevoll umfangen. Wunderschön sind Meine Gärten der holdseligen Genügsamkeit und Fülle, Lebenstüchtigkeit und

Tradition. Ohne Mich kannst du nicht sein und mit Mir ist ein einzig Fest von Glück und Rasse, Lieblichkeit und Frohmut zu betreiben. Stärke dich Mir zu und Meine Siegeskräfte werden dich mit Macht durchströmen. Lerne Mich zu lieben und die Wohlgefälligkeit Elysiens umgütet dich, redselig, reich, blauäugig und galant mit tausend mütterlichen Gnaden.

5.17

Unbeeindruckt von dem Ernst der Lage Bin Ich Mir die siebenselige Gewähr für Sicherheit, Hochadel, Lebensmeisterschaft und Frieden. Was immer Ich ersinne, ist von unwahrscheinlichem Bedeuten und markiert, wie kaum ein anderes, Mein stetig, hocherhabnes Wohl. Es ist ein geistig Abenteuer, das Ich unentwegt und makellos bestehe mit der Sicht auf alles, was Ich Mir, apart von jedem Vorbehalt in Fülle leisten kann. Geschehe mit Mir, was da immer will, es zieht ein freudig Rauschen durch Mein Sein vom immerwährenden Erfolg, den Ich für Mich gepachtet habe.

5.18

Wohlan, mit dem, was Ich vertreten und vermitteln kann, ist nicht zu spassen, denn es fasst Unendliches zusammen und gedeiht nur, wenn es auch von Mir geführt und in den Wesen Meiner Gunst und Güte zur Vollendung stilisiert wird in den Erdentagen. Immer willst du frei sein und verstrickst dich ständig in dich selbst, solang du dich nicht in der Freiheit des Unendlichen bewegst. Nur mit Mir zusammen geht's bergauf in deinen Runden, denn was *Ich* dir so bedeute, hat zum Vornherein Geschmeidigkeit, Gelassenheit, Synthese und

Kultur. Schritt für Schritt empfehl Ich dir, *Mein Tänzchen* aufzuführen, und mit jeder neuen Wende, die du sachgemäss vollführst, eröffnen sich dir neue Horizonte und Erhabenheiten auf der Tour ins göttliche Genügen. Tu nicht so, als ob du wüsstest, wie man sich benimmt im Feld der lockenden Rendite und Realwirtschaft Mir gegenüber, der Ich der Erleuchtete und Wertbeständige, Geheiligte und Absolute Bin in dir, um dich und überall, wo immer du dich aufhältst und verausgabst vor dich hin. Bewusst und machbar soll dir werden, was Ich meine in der Kunst zu sein und über Ozeane der Verführung sicher und getrost zu navigieren. "Petri heil", ruf Ich dir ständig zu und werf dir vor die Angel, was zu fischen ist, um in dir inniges Behagen zu begründen. Erkenne immer deutlicher, was mit dir los ist mitten in den Gottesgründen, die Ich dir zubereitet habe, und schlage dich zum wahren Freisein durch und damit zur unendlichen Gediegenheit, Gelassenheit, Glückseligkeit und Einigkeit mit Mir.

5.19
Zum Tag: Ich wandelte in ihm drei Jahr und schleuderte Mein Feuerwort in vieler Herzen Tabernakulum, um sie zum Geist der Liebe zu bewegen. Das lang Geplante musste sich damit ereignen: Hasserfüllte Horden griffen Meines Daseins leibliche Struktur, sie grausam und gewandt, zielstrebig und verbissen zu zerstören. Ich litt unsägliches Martyrium, geschunden und gekreuzigt in der Rettungstat für eine Menschheit die, wie nichts, des Geistigen bedürftig ist in ihren zweifelhaften Runden.

141

Und dieses, bis zum Letzten Solidarische, muss die ersehnte Wende bringen, noch als ein Keimendes, doch unfehlbar in Meinem weltgestaltenden Elan und Meiner Herzenssucht – zu siegen. Diese Götterabsicht sollst auch du, erkennend, deinem Lebenslaufschritt integrieren und damit dem Liebeswerk aus Meiner Hand unendliche Vollendung zugestehn. Mein Wille soll der deine werden, Meines Thronens Fabelhaftigkeit in dir das weiterführende Agens der Weltgeschichte auf dem Erdenplan. Du bist, indem Ich in dir Bin das götterlichte Sein im Werden der Gezeiten, wie der geisterfüllten Räumlichkeiten im Allhier. Seinspräsenz ist überall und seiendes Gewitter in der Werdelust von Meinen Gnaden und Verbindlichkeiten, die von genialer Zartheit, Unverbrüchlichkeit und Sanftmut des Gewissens was verstehn. Seinsglückselig sollst du werden, ganz in Mich gefügt und gänzlich Mir ergeben. Das ist dann die Heimkunft und Erfüllung der Äonen in dem Einen, das da *ist* und das du Bist in seligem Erinnern, wie in himmelweiter Gottesruh.

5.20
Mein Mandat ist, alles gut und gängig, flüssig und fidel zu machen im ereignisvollen Weltbetrieb. Ich lehre dich die Kunst des Andersseins als du gewohnt bist, vor dir selber zu erscheinen und stelle dich in eine Mitte ohnegleichen, von der gesagt wird, dass alles von ihr ausgeht, was da *ist* und wirkend, wesend und natürlich seine Wunderkreise um sich zieht. Das bedeutet, dass auch du dich in Bewegung setzen solltest, neuen, geisterfüllten Höhenzügen zu, die Aussicht auf Erfüllung, Bodenständigkeit und All-Bewusstheit bieten.

Meine Weisung liegt schon längst, in klaren, wohlgelungnen Lettern aufgemacht, vor aller Augen und braucht nur tapfer und fein säuberlich befolgt zu werden. Das wird dann die viel ersehnte Wirkung, wie den Aufgang einer Wirklichkeit erbringen, die besticht und allen Alles bringt, was sie seit eh und je zutiefst ersehnten.

Wieso führt denn der gute Hirte seine Lämmer auf die Fettesten der Triften, die da *sind* und täglich auf den Abraum warten? Weil dezente Sättigung begehrenswertes Futter braucht im Lebensgarten Meiner Zunft und zünftigen Verwirklichung der Werke, die Ich Mir und aller Welt zum Vorbild ausersehen habe. Was da lässig und salopp einhergeht, ist das fabelhafte Resultat unendlich feinverzweigter Überlegungen, sowie des Recherchierens da und dort und überall, wo es Vortreffliches zu finden gibt. Das wird dann ins Ganze, Gloriose integriert von Meiner Art, Allherrliches zu schaffen und der Freudigkeit des Daseins, Prosperierens und Florierens, Selbsterkennens und Glückseligseins zu weihen.

5.21
Von höchster Warte taufe Ich Mein Sein mit Sagenhaftigkeit und Frieden. Was Mir immer dazu einfällt, mach Ich wahr und entwinde Meinem Göttersein die auserlesensten, markantesten und weihevollsten Szenen. Gerade du bist einer von den Myriaden, denen Ich ihr So-Sein sanft entwinde und darüber auch befinde in der Weltentage virulenter Spur. Viel muss noch von dem, was in dir festgefahren ist, gelöst und in der rechten Weise Meinem Drang nach Mustergültigkeit und Wohlfahrt zugelegt und angemessen werden. Da heisst es eben kämpfen und gewinnen, horchen und ge-

horchen, geduldig und gewappnet sein für die allherrlichsten und ausserordentlichsten Operationen.

Ich klage dich nicht an, wenn du dich noch so sehr des Regimes wegen, das Ich über dich verhänge, zu beschweren und beklagen Ursach findest. Doch musst du wissen, dass es haargenau auf deine Eigenart und Sitte zugeschnitten ist, seit Generationen deines Wirkens und Bestehns. Es ist ein holder, viel erprobter Antrieb, den Ich dir gewähre, um schlussends dein Heil und deine Hochfahrt, deine Herzensseligkeit, Bewusstheit, Daseinswonne und erhabne Wohlgefälligkeit am Sein in *Meinem* Sinn und Geiste zu bewirken.

6

Die gottbegnadeten Idole deiner Zeit

6.1

Auferstehung feire Ich mit dir ins Reich der Götter, wie der gottbegnadeten Idole deiner Zeit, die dich zur lautern Quelle aller guten Geistesgaben führen. Ich habe es dir vorgelebt und vorgetragen, wie sich das Unsterbliche als ganz real und siegesstark erweist auf dem so zwitterhaften Erdenplan. Wach auf zu Mir, ist der Entscheidungsruf aus Meinen Höhen. Ermanne dich zu sein und dich im Geistraum Meiner Gegenwart als Auferstand'ner wohlzufühlen.

6.2

Wer ohne Sturz den Freiflug halten kann, äonenlang, Bin Ich in Meiner Geistesräume Wohllaut, Wirklichkeit und Fiktion. Wer immer staunen kann, der sei zumindest höchst erstaunt darüber, dass Ich ohne jeden Einfluss einfach sein kann und dabei die Fähigkeit besitze, einen Kräftefluss von Unerschöpflichkeit und sagenhafter Fülle zu vergeben. Allein dies Wunder führt dazu, dass Ich allherrlich schaffende Gedanken pflege und Mich Meiner Weisheit unentwegt bediene, um den Werten Meiner Zünftigkeit gebührend Anmut, Grazie und Vollendung zu erweisen.

Allem, was da von Mir *ist*, wohnt eine überird'sche Schönheit inne, die bezaubert und erhebt und liebendes Verlangen zeitigt, es ihm gleichzutun. Das macht, dass sich im Menschlichen Allgöttliches ereignet und erhebt und dass darin erkannt wird, wie innig und feinsinnig Ich mit allem, was da *ist*, verbunden und vermählt Bin ewigen Tages, immerwährenden Gestaltens und Verwaltens und mit liebevollem Am-Geschick-der-Schöpfung-Anteil-Nehmen.

So ist denn alles, was Ich pflege, höchst manierlich und bewundernswert, taufrisch und angemessen in sich selber aufgehoben, wenn es nur erkennt, mit welch erhabnem Ursprung, Quell und Liebesduft es in Beziehung steht in meisterlichen Graden.

Das betrifft mit Vehemenz auch dich, kann Ich dir unverblümt und frei heraus besagen und dass du's weisst: Es geht nur darum, dass du um Erkenntnis dich bemühst mit allen deinen Fibern, Fertigkeiten und Talenten, denn an Mir soll es nicht fehlen.

Wach auf in dir *und* Mir und *sei* und habe damit Anteil an dem Einen, das Ich Bin und das du Bist im Trott des Tages, wie im allbewussten Seinskontinuum von Gottes Wohlfahrt, Sinn und seelenvollen Gnaden.

6.3
Vor den Toren Meiner Stadt bist du ein Niemand, dessen unerhörte Seufzer jahrlang zu Mir dringen. Eingelassen aber Bist du Mir der König deiner Angelegenheiten, reich von Mir gesponsert und genehm in der Gesellschaft der Notablen und Verdienstgeschmückten. Ach, was willst du da noch mehr? Warum zögerst du so sehr, dich würdig und beliebt zu machen für den Aufenthalt in Meinem krassen Wohlstand, wie in Meiner Stuben festlichem Betrieb. Dein Jammern hindert dich daran, von Meinen Boten eingelassen und bedient zu werden. Selbstvertrauen und Vertrauen in die Güte deines Herren sind vonnöten, um gerecht zu sein vor Meiner Augen heiligem und heiligendem Strahl.

Im Grund besteht der Zwiespalt zwischen dir und Mir allein in deinem Unvermögen, deine wahre Herkunft zu erkennen und damit das Erbe anzutreten, das dir zusteht unfehlbar.

Da ist keine Müh und Not zu scheuen auf dem langen Pfad zu Mir und Meinen Herrlichkeiten, die im reinen Sein für alle offenstehn. Da Bin Ich und da Bist du sogleich, wie du mit deinem gotteswürdigen Gehaben Einsicht, Meisterschaft und Eben-bürtigkeit bewirkst. Für jeden Schritt, den du in diesem Sinne unternimmst, komm Ich dir gern zehn weitere entgegen. Nun gut, so soll es sein und bleiben. Ich ziehe Mich zurück in Meine Innigkeit und Seligkeit und Kraft des Weilens. Makellosen Geistes Bin Ich Mir ein ungekräuselt Meer elysischen Entzückens in der Offenbarung Meiner selbst, als Sinn und Schweigen, Sein und Seinsglückseligkeit im Wohl-laut Meiner ewigen Natur.

6.4

Unverletzlich, genial, global und sakrosankt muss einer sein, bis ihm bei weitem alles wohlgelingt, was er so intendiert. Und der Bin Ich in aller Form und Farbe, Festigkeit und fliessenden Magie. Nicht so leicht wirst du Mir eine Frage stellen können, die Ich nicht bewegen und erwidern kann in Meiner Eigenschaft als Alleswisser, Alleskönner und Gelehrter von des Himmels Grazie und Harmonie.

Was du noch lange nicht erkennen magst, ist Mir geläufig seit Äonen und was du eben kennenlernst, hab Ich schon längst verlassen, neuen Ufern und Gestaltungen entgegen. So bleibt nicht ohne Ironie, was Ich dir beizubringen Mich bemühe, weil du Mir ewig hintennachhinkst. Doch lass Ich nimmer dich im Argen schmoren, weil herzinnige Verwandtschaft zwischen dir und Mir besteht und weil Ich tätigen Gewissens davon überzeugt Bin, dass du einmal doch mit vollem Wind in deinen Segeln Fahrt gewinnst und Reife für dein langersehntes Ziel.

Gar freundlich, friedlich und gelassen wirst du dort empfangen werden, ganz in Meinem Sinne geistvoll, redlich und gewissenhaft, vertraulich und loyal.

Nicht von hier und doch wahrhaftig seelenvoll und heiter ist Mein Reich der hunderttausend guten Gaben, die das Herz beglücken und den Sinn entzücken hell und heil und wunderbar.

6.5

Transaktionen himmlischen Geblüts sind offensichtlich Meine Stärke und Mein götterlichtes Wohl. Im Bannkreis Meiner Taten seh Ich Mich aufs Trefflichste Agieren und Florieren, um dabei mit jedem Schöpfungswerk der Mustergültigkeit die Krone aufzusetzen. Mir sind alle Wege offen und begehbar, die Ich will mit Meiner Gegenwart beehren, weil sie allesamt der Ausdruck Meines Wirkens und Gewaltens sind im Göttergarten, den Ich Mir seit Urzeit angelegt und ausgestaltet habe.

Horche du auf Meine Triebe und gesteh, dass sie vollendeter Genügsamkeit entsprechen. So ist denn Meine Ansicht von der Wohlgestalt des Lebens allgemein vertretbar, gültig und gediegen. Meines Handelns an Mir selber voll bewusst, getrau Ich Mich in bester Absicht, wunderbare Berge aufzuhäufen und im Gegenzug die Pracht der Täler abzugraben und zugleich dem stolzen Flusslauf seine Stätte zuzuweisen. Alles, was Mein Schoss gebiert, vermag Entzücken und Begeisterung auszulösen, weil es ungeniert den Reichtum Meiner Phantasien und verehrungswürdigen Verdienste offenbart. Nur Ich vermag so viel gesund und rund Gewachsenes zu produzieren und dabei aufs letzte Tüpfchen auf dem i zu achten in der Mannigfaltigkeit der Szenen, die Ich, locker lächelnd, auf die Weltenbühne bringe.

Kannst du ermessen, wie viel Ernst und Charme und Macht und Unverfrorenheit vonnöten sind, um solcher Art zu operieren und am Laufband Manifeste höchster Güte und Gewandtheit auszugeben. Doch dies ist nur die eine, abgedroschne Seite Meines Aus-Mir-selber-Gehns. Die andre, wohlgefälligere, strebt ins Glück des absoluten Schweigens sämtlicher Emotionen, wie der Enthaltsamkeit von jedem wunderlichten Tun. Hier ist in Mir die ewige Stunde vor dem Marschbefehl vertreten, das Sinnbild unerhörter, nie gestörter Ruh, in der Ich Mein Gottseliges umfangen halte. Nix wie los, denkst du solch attraktiver Zuversicht entgegen. Aber eben: Sich von jeder Aktion enthalten, ist das Schwierigste, was man sich denken kann und kann nur jenen wohlgelingen, die sich Mein Sein zum auserlesnen und erstrebenswerten Vorbild nehmen. Deswegen heisst es: Wer sich bildet, muss ein Besseres vor seine Seele stellen und ihm nach Kräften nah zu kommen suchen. Einmal wirst du dann Es selbst, das heisst, du darfst erkennen, dass du Es schon immer warst in wunderbarer Übereinkunft mit dem Sein, das alles ist in allem, auch in dir. Ungebetne Gäste kann es da nicht geben, ebenso wie Spielverderber, weil alle ihr gehörig Scherflein zur Vollendung der Gegebenheiten beizutragen haben.

So wird allmählich süss, was ehmals bitter war und selig, was beinah an sich verzweifelte im Ringen nach Authentizität und Wonne am Gedeihen.

Bald bist du so, wie Ich schon immer war und räkelst dich im reinen Lichte des Gesundens an dir selbst und des Vergütens deiner Tage mit unendlich reinen Wohlbekömmlichkeiten, die da sind:

Verschwiegenheit und Göttertraulichkeit in Universenregionen unerschütterlicher Harmonie.

6.6

Ich lebe von der Kraft der Hoffnung auf den Sieg in allen Sparten Meines unermesslichen Agierens. Wendepunkte gibt es immer mehr, vom Biederen zum Anspruchsvollen, vom Desolaten zum Feudalen und vom Wimmernden zum freudestrahlenden Juhee. Gut vernetzt zu sein ist dabei eine Sache klingender Notwendigkeit, die spendet Auftrieb, Wohlfahrt der Gedanken und bewusste Klarheit über die akute Situation.

Aus dem Fundus unerhört gefälliger Ressourcen kann Ich schöpfen, was die Zeit begehrt, um volle Satisfaktion, Entfaltung und Geleitschutz zu erlangen. Das ist nun Mein Triumph und Meine Einigung mit dem, was Ich Mir Bin im höchstpersönlichen Gewahren Meiner Zauberkräfte im erhabnen Götterstil. Hoch edel ist, was Ich so mit Begeisterung betreibe, verklärend, was dem Zugriff Meines Sinnens und Gewinnens offensteht. Als ein Prophet und Prediger des Wahren steh Ich allem gegenüber, was da *ist* und was des guten Rats bedarf aus Meinen götterlichten Schalen.

Ich steh derweil im Reinen wunderbar gesättigter Allüren und bedeute Mir Zugkräftigkeit, Gewandtheit, Liebenswürdigkeit und Weitsicht vor dem Fürstentor. Grossartig ist die Resonanz, die Ich Mir ins geläuterte Gewissen trage, gesichert das Errungne und Freiheit ausgesprochen über alles Künftige im unverwandten Streben.

So währt und west das Ewige in Mir und Meinem Mich-für-alle-Welt-Verbürgen. Desgleichen schaue Ich gelassen Meinem Wirken zu in Himmelsheiterkeit, Bewusstheit, Redlichkeit und Heiligkeit des Allerhöchsten, das Ich Bin und dessen Zuspruch Ich mit Wonne, Wohlverstand, Gelöstheit und Glückseligkeit aufs Innigste erfahre.

6.7

Wieviel rechthaberische und prächtige Instanzen musst du oft durchlaufen, bis du endlich an dein irdisch Ziel gelangst, in deinem Wüten, Tüten und Geduld markieren. In *Meinen* Reichen existiert nur *eine* und die Bin Ich in Einzigartigkeit und Qualität, Kompetenz und lächelndem Mich-Selbst-Vergeben. Von Meiner Warte tritt nur Gutes bei dir ein. Von Mir gebündelt und gesegnet sind die Strahlen reiner Gottgefälligkeit, die Ich Meinem Volk und Fabrikat gedankenvoll versende. Nun gilt es, diese zu beachten und versteh'n und aus ihren Qualitäten und Verbindlichkeiten, ihrer Lichtkraft und Brisanz den allergrössten Nutzen zieh'n. Bin Ich der Vater aller Dinge, kannst du leichterdings daraus ermitteln, dass du Sohnesstatt geniessen darfst mit allen Wundern und Besondeheiten, die daraus ersteh'n. Somit wird es dir zur Ehre und zum Ruhm gereichen, wenn du's Faktum werden lässest, dass *Mein* Wille, statt der deine, alle Lebensfelder überzieht, die deinem Einfluss und Gewalten offen liegen.

Spürst du tatsächlich Meines Anteils Blut in deinen Adern, kannst du sicher sein, dass er dir wohl will und dir Ausgezeichnetes bereitet in den Stunden der Gefahr, wie in denen grandiosen Reüssierens, ganz aus Meiner Sicht geseh'n. Taufrisch und willig tröpfeln Meine Gaben mitten in dein Herz und Beglaubigen, was Ich dir längst versprochen, auserseh'n und zugewendet habe: Dass du Bist das sakrosankte Seinsprofil von Meinem Duktus, Richtwort und Befehl. Es geht um alles, wenn Ich dir besage: da spielt das Anseh'n, das Ich von dir habe, eine Rolle; auch die Gedankenfäden, die getreulich zwischen dir und Mir und deinem Hause hin- und wiederreichen, sind Gewähr für dauerhafte Evolution und sagenhaftes Reüssieren.

"Mein ist dein", kann ohne weiteres verpfändet werden, weil sich darin Sein zu Sein gesellt, freimütig, liebevoll, geschmeidig und gediegen.

Da können die erstaunlichsten Gelehrten noch so sehr Beweise fordern, du Bist dir selbst der Allerbeste. Dass du Bist ein inkarniertes Geisteswesen ewigen Bedeutens, wie von götterlichter Qualität, welch ein Glück, dies von dir selber sagen und bestätigen zu können. Eine Anmut sondergleichen ziert dies Wort und eine Stetigkeit und Selbstbewusstheit von erlesener Güte des Geschmacks und der Rendite - spricht sich aus so wenig bis zur ewig weiterklingenden Phonetik auf erhab'ner Götterspur.

6.8

Meine grüne Seite ist bestechend schön. Jeder Fortgeschrittene will Master sein, um einmal mehr zu leisten und in bessere Verhältnisse zu kommen auf dem Erdenplan. Um Mich bemühen sich dabei die Allerwenigsten, weil das Wissen um die höchsten Dinge kaum verbreitet ist in den Kollegien und Universitäten. Das ist nicht verwunderlich, weil die hochgelarten Professoren Wissenschaftliches vermitteln wollen und das Andere andern überlassen, nach Gesetz und Ordnung auf der Bildungsspur.

Diese Andern aber wollen immer vehementer genauso wissenschaftlich sein, wie es die klügsten Köpfe und Gedankenspinner immer waren. Das zeitigt nun en masse Verirren, weil für die

Schriftgelehrten alles längst Vergangene im Rückschritt durch die Zeit zu einem Mythos werden muss, wo das Konkrete immer mehr verblasst und irgendwo ganz aufhört, greifbar und damit begreiflich und bewusst zu sein im Weistum der Gelehrten.

Da ist es Mir ein herzensgütiges Bestreben, Licht zu bringen wo es fehlte und aufzuhellen, was verdunkelt war. Was dir Not tut, Mensch, ist, über den Verstand hinauszugeh'n und in der Innigkeit des Herzens Geisteswelten zu entdecken, die so wirklich sind wie jedes Krümchen Erde, das die Augen sich beseh'n. Gedankenstille stillt dein inniges Verlangen, Meine Gegenwart und Fülle zu gewahren.

6.9

Wohlan, Ich lege Wert auf die Bemerkung, dass Ich niederschwebend Bin dein Wesens geistgeborner Inhalt und sein lichterstrahlendes Juwel. Was du Natur nennst, ist in dir Mein Wirkens Sinn und Strategie, wie Meines Überlegens Rufen. Mein Beruf hat führenden Charakter und Mein So-Sein ist so sehr in dich geprägt, dass du dein wahren Ichs Geleite nicht von Meinem unterscheiden kannst in deinen neunmal fortgeschritt'nen Meditationen.

Ich orte, ordne und berichtige den Kauderwelsch zerfahrener Gedanken, den du laufend produzierst, um dein Gemüt sowohl bei guter Laune, wie bei Meiner Stange zu halten. Dies im Hinblick auf die sich stets vermehrende Klarheit deines Gewissens von dir selbst, vor dem die Dinge deiner Welt wie Meiner immer wirkungsvoller und wahrhaftiger erscheinen.

Schlussendlich weht ein Rauschen der Glückseligkeit durch deines Seins Gefieder, von Mir angefacht und wunderbarerweis ins Ewige getrieben. Es singt und klingt und wallt und wogt in dir von Meinem götterlichten Harfenton, der jeden noch so seligen Gesang bei weitem überbietet.

Trachte immerfort ihn live und leicht und sanfterdings in dir zu hören, damit du mählich frei wirst vom gewöhnlichen Gekreisch und dich im Noblen und Erhab'nen wohlfühlst, das dich überkommen.

Auf deine Fürbitt' send ich Meinen Strahl; auf dein Verlangen Bin Ich da und hebe dich zum Born der Weisheit still und seelenvoll hinan, um dich zu stärken in der Überzeugung, dass du Bist mein Angebind und Wesen, Meines Trachtens Rückhalt und Gewähr, wie Meiner Reinheit, Einheit, Wohlfahrt, ewiger Jugendkraft und Grazie Spriessen.

Süss und sanft soll mein Befinden in dir sein, sowie du Mich empfängst und Meiner Himmelsgaben Wert und Vielfalt schätzest im dezenten Miteinandergeh'n.

Willst du für dich sein, Bist du's auch für Mich und separierst dich damit von den Meisterdingen Meiner Gottkultur. Somit ist es ratsam, billig und gehörig, Mir allein zu dienen und nicht jeder Grille nachzuhangen, die dich überkommt in deinem wilden Brüten.

Von Edelmut geprägt sei dein Bewusstes Schreiten hin zu Meinen Geisteshöh'n, wo dich der Liebe Huld empfängt und dich die Seinsverständigen in ihrem Kreis beglückt willkommen heissen.

Es kommt die Zeit, wo du bewusst und heiter dein Urewiges und Zeitenloses überschaust und ihm sein Recht gewährst, mit einer Geste allversöhnender Entschiedenheit zum Guten, wie zum glückseligen Im-Sein-Verweilen-und-Beruhn.

6.10

Geradezu prosaisch mutet das Mich an, worein Ich nach der nächtigen Eskapade täglich wieder tauche. Es ist die Welt der Müh und Not am Leben und Besteh'n, der kleinlichen Querelen, wie der Unbequemlichkeiten körperlich und geistiger Natur. Der grosse Schein wallt Mir mit Vehemenz entgegen und sucht Mich für sich einzunehmen ganz und gar. Unvermittelt hebt ein Ringen an, um klare Sicht auf was Ich Bin in diesem weltgewandten und –verhafteten Betrieb. Geistreich, wunderlicht und schön, woran Ich Mich voll Kraft und Kennermine halte, ist das reine Sein, in dem Ich Mich vorzüglich und vergnüglich wie der Fisch im Wasser fühle. Auf's Trefflichste bewahr Ich Mir in ihm Mein Eigensein, wie Meine Virtuosität im Pläneschmieden und Mich vollends in ihnen zu verlieren. Ein bewegtes Wunderwerk ist hier getan an Regelmässigkeiten und Impulsen, an Geistverbrüderungen, weitgedehnten Geistesabenteuern, wie an wissendem Erfühlen einer Welt von Wirklichkeiten, die die Urkraft Gottes in sich tragen.

In diesem Reich erlebe Ich Mich selbst als Inbegriff des Freiseins, wie der Freiheit, Mich in alle Himmelweiten auszudehnen. Allerfüllend ist das Seinsgewissen, dem ich meine ganze Huld und Schuldigkeit entgegenbringe und in welchem Meine wahren Werte, wie erbaulichen Gepflogenheiten und erspriesslichen Salute liegen. Nichts als Reüssieren und Pulsieren, Fabelhaftigkeiten schmieden und dem Zauber der Besinnlichkeit erliegen, ist mein wohlbegründet Ziel.

Alles was Ich Bin und denke, fühle und ins scheinbar Wirkliche verwandle, ist von einer sonderlichen Anteilnahme am Gescheh'n begleitet, die ich Gottesminne nenne und von der Ich weiss, dass sie Mein höchstes Gut und ebenso die Quelle

Meiner Güte ist, die Ich voll Verve, Besorgtheit, Liebenswürdigkeit und Kraft im All verbreite. Heilig, heilig steck Ich dich mit ihr von Herz zum Herzen an und bezeichne so die Richtung und die Redlichkeit, in der sich alle Welt bewegen und befruchten soll im seelenvollen Lebensgarten.

Ich bestimme und die Stimmung dazu ist dir väterlich und brüderlich anheimgegeben. Unmut soll nicht sein, doch mutiges, geschicktes und ereignisvolles Vorwärtschreiten auf der Bahn, die Ich dir weise und verträglich vorgegeben habe. Das macht, dass du versöhnlich und verständig wirst am Weltgescheh'n und dich behütet und begütet fühlst in ihm. Das Geisterfüllte hebt dich traulich und beschaulich himmelan und lässt dich sorglich, sanft und sicher deine Mitte finden, wie dein Ich, im sakrosankten Unternehmertum, das Ich betreibe. Und wenn du wissen willst, was deine Mitte ist, so kannst du sie bei Mir erfragen, der Ich Bin und der die Mitte aller Mitten präsentiert und registriert, verbindet und in fabelhafter Einigkeit empfindet, überall und gnadenvoll, beseligt und zum Sein berufen, leicht und licht und wunderbar.

6.11
Offenbar aus unversehrten Regionen gleitet Meines wahren Ichs Natürlichkeit hernieder dorthin, wo Ich Mensch bin in gemässigten, wie wildbewegten Zonen. Was vordem unbewusst und unerklärlich an Mir war, ist nun hellwache Selbst-Verständlichkeit mit allen fürstlich aufgemachten Qualitäten, die Mir innewohnen.

Da ist es nun ein Leichtes zu Erwägen, dass Ich vordem ganz genau dasselbe war, was Ich jetzt Bin, im Leibe, wie in der Geistes-Gegenwart, zu vollem Selbstgenügen.

Darin offenbaren sich die Himmelskräfte, deren Wucht und Wesen, Tatendrang und Exklusivität Ich hell und heil im Götterlicht vertrete. Hoch Bedeutendes geschieht in dieser wohlbegründeten Synthese zwischen Wachen, Träumen und bewusstem Sein im allerredlichsten Zusammenfügen, was immer daraus resultiert.

Und da ist nun in aller Form zu sagen: wende dich Mir zu und damit auch dir selbst in wunderbar gesteigertem Erfahren und erfüllt von einer Lichtheit ohnegleichen. Grenzenlos ist dein allmenschliches, wie gottgesegnetes, Empfinden in der Lauterkeit allgütiger Präsenz, die Ich begeistert und getrost beschreibe.

Woran ich Mich auf's Zärtlichste und Zuverlässigste erbaue, ist die Fähigkeit zu wollen und zu denken, was Ich will, und Meinem seinsglückseligen Empfinden freien Lauf zu lassen. Denn, was in Mir vertreten ist, ist Ursprung aller Dinge und Gegebenheiten, ist Gewährnis für vollendeten Erfolg, wie für die Freude des Elysiums, in der Ich, strahlenden Gewissens, in Äonenströmen Mich empfinde.

6.12

Gestern war bei dir nicht heute, bei Mir jedoch ist heute immerzu. Kannst du ermessen, welche Konsequenzen eine Ruhe ohnegleichen zeitigt und dazu die unverstellte Sicht auf alles, was da war und was noch sein wird, im Gewicht der prächtigen Gelegenheiten, Mächtiges zu unternehmen. So mag das nur sein bei einem der da *ist* und dessen Fülle alles einschliesst, was sich je begeben und was Anlass ist für neue, unerhört geschmeidige, weitsichtige und liebevolle Taten.

Was Wunder, wenn Mich andere, zu Welt und Überwelt gewandte Seinsgesetze interessieren, motivieren und Mich dirigieren lassen, was und wie Ich immer will, aus weisem, würdevollem und erkenntnisreichem Selbsterfahren. Somit gilt es für dich, alles nachzuholen, was du nie erfahren hast in deinem sinnigen Die-Welt-Versteh'n. Allmählich wächst dein kleines Ich-Sein in das weltbedeutende Unendliche hinein und sieht sich als ein universenweites, benedeites Sich-im-All-Verfluten. Statt ein Tunichtgut wirst du nach Meinem Vorbild ein umfassender Gestalter preziöser und bewundernswerter Werke, die deine Kleinheit um ein vieles überragen, weil sie *Meines* Werkens und Befehlens Duktus in sich tragen. Zeitliches und Ewiges berühren sich genau in diesem Punkte, wo das Künstlerische sich als übermenschlich, gottgesegnet und begeisternd offenbart.

So wird dein kleingeschriebenes Geschick zum Anhang und Verbund mit Geistheroen und Gewaltigen der Sphären, deren Wissenschaft sich als die Meine, allumfassende erweist, in wunderbarer Übereinkunft mit dem Einen, das Ich Bin und das du Bist und welches alle *sind* in geisterfüllter und glückseliger, erhabener und gottgesegneter Manier.

6.13
Bedeutungsvolles Schweigen ist Mein selig Los im Sanktuarium des Seins, in dem Ich Mich getrost und seelenvoll empfinde. Jedem Zweifel sichtlich und dezent enthoben, atme Ich den Frieden, den die Himmelstrautheit Mir vergab. Geläuterten Gewissens weihe Ich Mich dem Unendlichen, das Mich

beseelt und namenlose Heiterkeit und Harmonie um sich verbreitet.

Im Glanz der benedeiten Stunde darf ich die Genügsamkeit und Herzensstille friedevoll geniessen, die mir von überirdischen Gefilden zugehalten werden. So ist denn alles, was Ich Bin und bleibe, laut're Wonne und Holdseligkeit vor Götteraugen.

Wahr ist nun, was vordem nichts als Sehnsucht Mir bedeutete, erfüllt, was einmal blanke Leere war. So lausche Ich dem, was Mich laufend überkommt und tausche Seligkeiten mit den Meinen. Wohlerwogen und verbindlich lass ich Meine Geisteskräfte spielen und entfalte Meines Daseins Duft im unergründlichen Allheilen, das Ich Mir voll Verve und Wunderkraft bereitet habe.

So stimmt jede glitzernde Nuance Meines Seins mit dem Allherrlichen auf's Beste überein, das Meine Zierde ist und Andacht, Überweltlichkeit und Glorie im Sternenraum, den Ich voll Kraft und Überzeugung, Minne und Natürlichkeit besinge.

6.14
Kontroverses gibt es nimmermehr in Meinen lichterfüllten Höhen. Da lieben sich die Geister, Mächte und Gewalten und beeilen sich, dem Weltenwerk in Anmut und vollendeter Ergebung ihre guten Dienste anzubieten.

Können kommt von Meinem Drange, aller Wünsche Wohl in Hochgemutheit und Verwandtschaft mit den Meinen zu erfüllen, wo sie immer in Erscheinung treten.

Kraftvoll, majestätisch und befehlsgewandt vollziehe Ich, was allen frommt und führe Meine Absicht kunstvoll, beispielhaft, feingliedrig und gediegen der begeisternden Vollendung zu.

Ich stehe ständig im Zenit des eignen Strahlens und begüte, was da *ist*, mit Seinsglückseligkeit und geisterfüllter Harmonie. Es fliesst der Frieden, wo Ich Meines Bleibens Ort erwählt und Meine Königszelte aufgeschlagen habe. Zu ihnen lade Ich dich ein, wie zur Geselligkeit an Meinen vollgelad'nen Tischen mit dem Willen, deines Wesens Würde zu erhöh'n und dich in Meine Gotteswirklichkeit und Unbescholtenheit, Bewusstheit und Glückseligkeit hinaufzuwiegen.

6.15

Normen sind nicht Meine Sache, weil Ich ohne jeden Zwang normal und koscher, weitsichtig und dem Sein gerecht bin, das Ich durch die Zeiten führe. Melancholie hat bei Mir keine Bleibe. Unpässlichkeiten schiebe Ich wie Steinchen auf dem Weg beiseite im bedächtigen Vorübergeh'n.

Was immer Ich erwandere, verjüngt die Stecke zu dem Ziel, das Ich Mir vorgenommen habe. Wes Ich gewiss bin, trägt Mich wie auf Flügeln rasch voran in der Bereitschaft, für ein Idealbild alles herzugeben.

Wie sind doch die Gedanken mächtig, wenn sie klar gefasst und richtig zugeordnet ihren Dienst versehn. Ich liebe sie, weil sie Mir Odem sind, hinüber und herüber, zu und von den Geistigen, die Ich Mir angefreundet habe. Da bin Ich recht gespannt, von ihnen Seinserkenntnis, sybillinische wie offensichtliche, in Fülle zu erlangen. Reich und richtig bin Ich so auf Trab gehalten auf der langen Fahrt ins wirkliche und wirkende Gescheh'n. Ja, Hintergründiges zum Vordergrund zu stilisieren, ist Mir ein beständig Abenteuer in den Weiten Meines Mich-mit-Seinsbeschäftigung-Verseh'n. Es ist die Überwindung aller Tücken, Lücken und Erfordernisse, die Ich Mir, streng geordnet, vorgenommen habe. Weisheit ist am Platz, wo Ungeordnetheit und Malaise ihren Part erringen wollen.

So wendet sich und sendet sich das Tüchtige dem Tüchtigsten, das *ist*, entgegen, nämlich Mir, um dort auch immerfort in Sicherheit und Seligkeit zu weilen. Urstand zieh Ich aus Mir selbst hervor im Lichte des Allherrlichen, das Ich Mir Bin im ewigen Jetzt und seligen Vollenden.

6.16
Eine Lichtkampagne scheint Mir immer noch das Wohlgefälligste zu sein für die verdunkelten, verschunkelten Gemüter, die des Aufstiegs aus dem selbstgeschaff'nen Hades unbedingt bedürftig sind. So steht's mit Mir und dir in einer Bruderschaft des Unbedachten, Schütteren mit dem zutiefst genial Vollendeten, das Ich Mir Bin in der silberhellen Pracht der Sterne, wie dem lichterfüllten Geistraum, den Ich liebevoll vertrete.

Es gibt nichts Würdigeres als den Minnesang der Herrlichkeit, den Ich den Erdenvölkern vor's Gehör und vor's Gemüte dirigiere, um sie in der Ansicht zu bestärken, dass sie einem Höheren, Vollendeteren angehören, als sie's selber sind im Fühlkreis ihrer Taten. Das Perfekte will sich mit dem Angeschlagenen vermählen, um es in die Höh'n zu schwingen und um ihm den süssen Ton des seligen Gestilltseins zu entlocken, das das Seinsvertrauen unbedingt gewährt.

Das wird die Blüte deiner Tage und das Ende deines Weltverhaftetseins bedeuten, wenn du Meiner Stimme und Gestimmtheit Folge leistest und ein einzig Wort von Mir dir mehr bedeutet als viel Tausend so geschwätzige aus unbedachten Kehlen. Ich Bin die Weisheit, du des Weistums dürftig aus der Mitte deiner selbst von Mir. Was alles habe Ich schon in dir mitgetragen, ohne dass du's im Geringsten inne wardst. Wie hab Ich dich behütet in der dräuenden Gefahr und dir die besten Mittel auf den Lebensweg gegeben. Wache auf zu Mir, bedeut' Ich deinem Sein und sinke ins Bewusstsein der Allgöttlichkeit im Heil, wie in der Heiligung, die dir von Mir geschieht. Dass Ich dir Wohl will, magst du aus der Seinsgefälligkeit ersehen, die dir zuströmt, Tag für Tag, seit Generationen. Alles, alles ist von Mir, dem Sein der Welten, wie dem Innewohnen, das beglückt und stärkt, befruchtet und belebt, mit Segen füllt und Wonne ist - und Vision verbreitet wunderbar.

6.17
Rollend, grollend, mit erheblichem Gewitter zieh Ich aus und kehre friedevollen Schreitens und Begleitens froh und flötenspielend wieder. Alles, was von Mir bereitet ist, verströmt den Duft der Heiterkeit und des holdseligen Lächelns in die Weiten Meines Mich-im-All-Erfühlens.

Nun gut, was Ich hier offenbare, ist das Fluidum der Geistigkeit, in der Ich Hofstatt und Entfaltung halte. Ununterbrochen weise Ich Mein Weistum in die Sphären Meiner Gunst am Ganzen, das Ich mit so viel Wohlgefühl und Willensstärke, Ebenmass und Redlichkeit betreibe. Da gilt es unbedingt für dich, zu wissen, welchem Hintergrund gemäss die Lebensdinge - ihres Laufes Wohlerwogenheit und Ziseliertheit definieren. Der Gedanke schwillt von Mir zum Weltenbürger und bewegt ihn zu des Handelns Tradition und Hochfahrt, zur erles'nen Strategie und Obsession in allen Sparten seines Werkbefehls.

Schon immer hat Mein Wort sich in die Welt geschwungen und bewegt, was zu bewegen ist, hält an, wo Rot erscheint und tummelt sich voll Verve und Tatendrang im frisch gewachs'nen Grünen. Das Geschenk der Hoffnung hab' Ich dir auf deine Reise mitgegeben, das vollendete Gelingen deiner Pläne eingeseh'n in deinem Reich des Seins, Gestaltens und Erhaltens, Koordinierens und Bejahens aller Situationen, die sich pausenlos für dich ergeben. Weide dich an dem, was so und niemals anders sein kann im erhab'nen Jetzt, das Ich dir Bin und das du zu verwalten hast für alle Zeit durch Generationen und Vermächtnisse, Tonalitäten und Glückseligkeiten sanft und sicher vor Mir her.

6.18
„Pardonnez-nous nos offenses", betet der Bürger, weil er spürt, dass längst nichts alles, was er tat und dachte, seinsvollendet war. Ich aber *Bin* und weise damit auf den makellosen Ursprung aller Dinge hin, die *sind* und die sich seit Äonen durch das Sein getragen haben. „Mea culpa" ist der Ausdruck für das Werdende, das noch zu wenig von sich selber weiss, um sich in klarer Diktion für die in es gelegte wahre Grösse auszusprechen. Letztlich aber wird, was werden soll, in Mir vollendet, wie es immer war, und sieht sich dann als seinsgerecht, plausibel, wunderbar erklärlich, rein und selig an.

Eben weil du Bist, was Ich Mir Bin, besteht kein Anlass, sich zu sorgen, denn der Weg, den du begehst, führt stets vor und zurück zum Ursprung und zugleich zu höherer Vollendung, die die Götter für dich ausersehen haben.

Ist das nicht ein sagenhafter Trost in deinen Händeln mit dir selbst, perlen dir damit nicht

Sehnsuchtstränen über beide Wangen, nach dem Glück des seinsbegnadeten Vollendens, das dir künftig offensteht? Du Bist und wirst es wieder von dir sagen können, du leitest dich zu Mir, indem Ich dich zur strahlenden Erkenntnis deiner selbst begleite. Ist das nicht bezaubernd schön und brüderlich und schwesterlich, gesittet, seligmachend, schlicht und morgenschön?

7

Wer sich in Gottesgründe schmiegt

7.1

Wer sich in Gottesgründe schwingt, hat alle Trümpfe in der Hand, um schliesslich einen veritablen Sieg davonzutragen. Es ist das wohlbekannte Bild vom Willen des Allhöchsten, der zum Zuge kommen soll auf allen Ebenen des Seins, hinunter und hinauf, in die Kreuz und in die Quere, wo es noch viele Lebensdinge zu befehligen und etablieren gilt im Weltengarten.

Trau, schau wem erfordert eine angepasste Sicht auf was da *ist*, denn nach Gesetz und Ordnung kannst du nur Mir in dir vertrauen, unfehlbar, rechtschaffen und loyal. Damit der ganze, unerhört komplexe, Reigen der Natürlichkeit sich regelrecht im Kreise dreht, kann nur all-einige Willenskraft das Zepter führen, weil zwei Mächtige stets bestrebt sind, sich gegenseitig aufzuheben, sodass nichts Würdiges geschieht in ihrer menschlichen Manege.

„Keine Sorge" soll auch deine mittelständige Devise sein, derweil Mein hierarchisch Aufgetürmtes alle Sorgfalt, Lieblichkeit und Treue walten lässt, die man von ihm erwartet, inhaltsschwer.

Ich mache auf und zu, so wie's die Situation erfordert, wie die Gräben ausgehoben und die Berge aufgeschüttet werden müssen, um der Lebenslandschaft ein Gesicht und Tugend, Nützlichkeit und Würde zu verleihen. Äusserst du dich *Meinem* Sinn und Saft gemäss, wird alles, was du inszenierst, auf's Trefflichste geraten. Manches fällt dir wie ein reifer Apfel in den Schoss, doch mehr noch ist mit Kraft und Kühnheit zu erringen. Ausserordentlich gediegen und markant, beglückend und bereichernd wird, was unter Meiner Sonne Strahlen sich vollzieht, und dieses sollst du dir mit Zuversicht und Vehemenz, Gratitudine und Offenheit erwählen.

7.2

Mein Lehrwort an die Menschheit stelle Ich dir vor, mit allen Konsequenzen und Vergünstigungen, die sich daraus für ihr Seelenheil ergeben. Freimütig lässest du es in dich strömen und verlässest dich darauf, dass es dich führe in Mein Zelt der guten Gaben wie der wohlbekömmlichen Berichtigungen deines Wissensstandes über Welt und Wirklichkeit allhier.

Nimm es schlicht als Pendant zu dem vielen, das sich dein Leben lang in dich gedrängt hat und das es zu bewerten gilt nach: schal und trefflich, majestätisch und banal, verächtlich und be-wundernswert im strahlenden Bewusstsein von dir selbst, das Meines ist, wenn du's nur recht begriffen hast, was abläuft in den menschen-göttlichen Affären.

Erfahrung, hart und prügelnd, sanft und leise muss mit dir gescheh'n, wenn du dich Meiner Gegenwart versehen willst im weltlichen Getriebe. Da geht nichts ohne Mich und es ist gut und günstig, wenn du immer deutlichere Zeichen Meines segenvollen Wirkens in dir wahrnimmst und darauf mit Andacht, Wohlverstand und redlichem Verhalten reagierst.

Eine Freude sollst du dir aus dem Gehorsam, Meinem Duktus gegenüber, machen. Denn nur dieser bringt dich wahrhaft weiter in dem siegbewussten Schreiten auf der Bahn der Götter und Propheten, herzensfrommen und erlauchten Pilgerschar.

Nicht du sollst dominieren im Bewusstsein deiner Daseinsmission, doch steht es dir im innigsten Bezug zu Mir am allerbesten an, Mich dominieren, führen, feiern und besteh'n zu lassen, mustergültig und loyal.

Dein Vertrautsein mit Mir spendet deinem Wesen-sein das Lichte und Bedeutende, das ihm schlussendlich zusteht in der schicklichen Entfaltung, die mit ihm geschieht seit Generationen. Nur dass du aufmerkst, still wirst und dir *Meine* Güte und Gelassenheit, Erhabenheit und Wohlfahrt zu Gemüte führst, dass sie dir alleweil zum Herzensheil und zur Glückseligkeit gereichen.

7.3

Wohlgemut und weise walte Ich im Raum und zeitlichen Gefüge und versehe die erschrockenen Gemüter mit Vertrauen, Zielbewusstheit, Liebenswürdigkeit und unverbrüchlichem Humor. In Meinen Kräften stemmt sich das Unendliche der Fallsucht und der Niedertracht mit Vehemenz entgegen. Niemals lass Ich locker, wo noch Schatten der Verletzlichkeit und Unzulässigkeit, Verstiegenheit und Schwachheit auszubessern sind. Mein Wahlspruch lautet: Heute so und morgen anders, in ungebrochener Beweglichkeit und Tatenfreudigkeit, dem lächelnden Erfolg entgegen.

Was immer Ich berühre, rührt an Unvergängliches und Wertbeständiges in tiefer Sehnsucht nach Gelassenheit und Frieden, Daseinsseligkeit und Harmonie. Es spinnen sich die Fäden an zur Lösung aller hängigen Probleme und zum endlichen Beruh'n in Seelensicherheit, dezentem Seinsvertrauen, Freisein und holdseligem Genügen.

7.4

"Reich mir die Hand Mein Leben", deutet auf ein Wunderbares hin, das dem geschieht, der diesem Pirolsrufe Folge leistet, folgenschwer. Denn was Ich hier vertrete, ist der Gang zu Meinen Geisteshöh'n, in denen sich die Seelen seliglich im Wohllaut reiner Himmelsfreude wiegen, wo Friede herrscht im wankenden Gemüt und sich die feindgeprüften Gegensätze gutmütig und gewinnend grüssen.

"Na komm schon", sag Ich dir und setze Klarheit über dich und deine brausenden Affären ins Bewusstsein deiner Lebensstrategie. Nicht du, doch Ich soll sie beherrschen in der wunderbaren Koalition, die uns verbindet und aufs Innigste belebt.

Bedeutend ist, was sich von Mir vor deinem Seelenauge offenbart. Es weist dir, was sich frommt im Leben, und führt dich sacht und silberhell ins Wesen der Allherrlichkeit, das Ich dir Bin und das du Bist von Mir befördert und erlabt, geadelt und gekrönt und von der Hierarchie der Engel liebevoll ins All getragen.

7.5

Magistral, mitfühlig und gesellig zeige Ich Mich Meinen Bürgen, um sie Mir gefällig, königstreu, gefügig und geneigt zu machen. Was sich ehrlich bindet, soll auch herzlich sein und in ein nimmermüdes Sich-Verehren münden. Zuckerbrot und Peitsche wend' Ich an, um all dies zu bewirken. Doch am Ende soll das Freundliche, Fürsorgliche und Freuderfüllte überwiegen, das tagein, tagaus dein Herz und dein Gedankenfeld bewegt.

Getragenen Gerechtseins wandle Ich durch die hindurch, die Mich am meisten mögen und versetze sie in einen Taumel der Begeisterung am feuerblütigen Werk, das Ich seit Jahr und Tag vor ihrem Angesicht vollbringe, zum Zeichen reiner Huld, Gerissenheit und Genialität.

Mir ist es sehr daran gelegen, dich in allen Fächern, denen du verbindlich und vergnügt, loyal und redlich zugeneigt bist, ordentlich zu prüfen, ob sie dir auch wirklich liegen und in der vollendeten

Beherrschung deines Willens steh'n. Nur so kann sich ein dauerhaftes und erspriessliches Zusammenwirken aller Kräfte, die da involviert und eingefädelt sind, ergeben.

Wisse, dass Ich dabei immer Meine Hand im Spiel und Meiner Handlung Spielen aufrecht halte, um dich sukzessive für Mich einzunehmen und schlussendlich deinen Willen ganz mit Meinem zu vereinen. Einheit der Gedanken und Gefühle, wie des Willens und der Tat, soll allem Weltenschaffen frei heraus zugrunde liegen. All das zeitigt ein Verhältnis überragender Vertrautheit zwischen dir und Meinem Hofbetrieb und erfüllt der Prophezeiung edle Sage von der Seinsglückseligkeit, in der sich alle Gottverklärten und Vernünftigen begeistert baden.

7.6
Nur das reine Sein kann ohne jede Drangsal und Beschränkung existieren. Das will Ich dir gesagt und hinters Ohr geschrieben haben, damit du dir gebührend überlegen kannst, wohin du ziehen willst in deinem unverwandten Nach-Beglückung-Streben.

"Tu ich's oder tu ich's nicht", steht alleweil an deinen Lebensweg geschrieben. Da braucht's Entscheidungskraft und guten, starken Willen, um das Bessere zu tun und das Mindere zu lassen in der stets erforderlichen Lebensstrategie. Vorwärtskommen heisst: erfolgreich sein im Fache der Erkenntnis dessen, was sich ziemt und was den Mut erheischt, Vertrauen in das Sein und damit in sich selbst zu haben.

Alles, was sich bildet, bildet sich in Mir und Meinen Artgenossen, bildet sich im Geistraum über dir und will sich ohne Zweifel deinem Schauen offenbaren.

173

Was Mir gelingt, kann dir genauso sicher, untrüglich und galant gelingen. Du unterstellst dich Meinem Stab und schon fliesst alles, was du unternimmst, wie ein glückselig Bächlein munter vor sich hin und entzückt den Wanderer im streunenden Vorübergehn.

Bist du ganz Mein, so Bin Ich dein mit allem Glanz und allen Fibern der Gerechtigkeit am Sein und Leben, die Ich offenbare. Du traust dir Meisterdinge zu und Ich will sie mit Glanz und Glorie erfüllen, mit Verstand und vaterländischer Berechtigung am Existieren. Komm und schau in Meinem Reiche nach, was sich geziemt und was dir frommt und freue dich am Leben, als von Mir entfacht, bewacht, geziemend hochgezüchtet, universenweit verbreitet und gar liebevoll in deine Hand gegeben.

7.7

Kaum begonnen, schon zerronnen hat bei Mir noch nie Respekt und Sympathie gewonnen, Unvergängliches dagegen sehr. Bist du Mir und Meinem Werk gewogen, kannst du mit Beständigkeit, Grundehrlichkeit und Starkmut rechnen, die allesamt Äonen überdauern und das erste mit dem Allerletzten regelrecht und farbenfroh verbinden. Bist du geneigt, auf festen Grund zu bauen, baue Ich mit dir, was immer deinem Sinnen recht erscheint und oftmals deine Kräfte übersteigen würde und Ressourcen.

Denn in *Meinem* Reiche gibt es kein Ermatten, noch Vermindern der enormen Fülle, die Mir eigen. Energie als Vater allen Schwingens ist bei Mir für alle Ewigkeit vorhanden, und so kannst du ungeniert mit immergrünen Triften rechnen, wenn du dich entschliessest, Meinen Weidgrund abzugrasen.

Zagen, Zögern und Verzagen sind bei mit verpönt und lassen sich niemals in Mein Geflecht und Staatsrecht integrieren. Numinoserweise stärke und ermächtige Ich alles, was da *ist*, dazu, zu wachsen und zu prosperieren wie am Schnürchen, ohne je ein Ende abzuseh'n. Es ist Meine Taktik und Mein redliches Bemühen, jedem Unternehmen vollen Glanz und schliesslich Meine Königskrone aufzusetzen in dem Geistreich, das Ich frei heraus verwalte und erhalte, protegiere und dem Ganzen einverleibe, das Ich Bin und das du Bist und zwar mit allen glitzernden Facetten, Funktionen und Gemeinsamkeiten, die wir in uns tragen.

Was gedenkst du dann zu tun, wenn dich Naturgewalten übermannen und dich gar auszulöschen drohen? Ich sage dir: Es lohnt sich, auszuharren bis zuletzt und dabei Meiner zu gedenken, der weder Wind noch Wetter, jeder Unbill Rasen und Vernichten scheut im Standfest-Bleiben, bis Errettung und Erlösung eingetroffen sind aus Not und Qual.

Dann geht es an ein feierliches Loben, Danken und Das-Leben-wieder-recht-Versteh'n in Meinem Sinne und in Meiner abergründlichen Gewähr für Frieden, Harmonie, Glückseligkeit und augenzwinkerndem Bestätigen der Wehrkraft, die Ich Bin und, Seligkeit verheissend, bleibe.

7.8
Was hast du nur, dass deine Glieder zittern und dein Auge trübe ist vom Tränenfluss, dem du dich hingegeben? Sieh doch, Ich tröste dich in deinem Weh und deinen Wirren, weil Ich deinen Kummer inniglich begreifen kann und Meine Absicht dahin strebt, dich und die ganze Welt zu stärken und

gehörig aufzuheitern auf der Fahrt in Meine Gründe, wie Mein Selber-mich-Begründen, akkurat in dir. Komm Mir nicht zu nahe, sonst verglühst du unverzüglich in des Lichtes Strahl, den Ich in alle Welt versende, aber nähre dich von ihm in jeder Weise des Geniessens wahrer Wärme, Wohlfahrt, Helle und Gediegenheit im Süsse-Spenden. Ich Bin Mir selbst das Allerhöchste, was da *ist* und seinen Anspruch geltend macht auf unvergängliches und radikales Reüssieren. Wetten, dass Ich überall und unerschöpflich Hand und Herz im Spiele habe, um Mich auszuzeichnen als der grandiose Herr und Vater, Mutterschoss und sprachgewandte Übersetzer aller Weltgedankengänge in den einen reinen Ton der Überlegenheit und Universenbreite im Allhier. Du sollst Mir nicht umsonst entsprungen sein; mit sanfter, zierlicher Gebärde hole Ich dich wieder ein und heim ins warme Nest der Allvernunft und des holdseligen Betragens. Du schwärmst von Mir und kannst dich nie genug an Meinem Sinn und Geist erwärmen, der die Weiten deckt und aller Nähe Inbrunst ist im Sein und Pläneschmieden, Seligsein und Im-Elysium-Erwachen, seidenweich und zärtlich und voll Grazie ins Götterparadies gezogen.

7.9
Ist es denn vernünftig, an ein Übersinnliches zu glauben, das da *ist* und waltet, schaltet und dir alles antut, was du je als deines Schicksals Ernte eingezogen? Da brauchst du nur aus *einem* Wort das götterlichte Fluidum der Allversöhnlichkeit herauszuhören, die dich in der Überzeugung stärkt, dass du dir Bist, was Ich Mir Bin, des Seins unübertreffliches Gefieder, vor dem die stärksten Türme noch ins Wanken kommen und das Zeitliche

ins Nichts vergeht voll Ehrfurcht vor dem Ewigen, das Ich in Freimut, Wohlgefälligkeit und Grazie repräsentiere.

Es schlängeln sich die Wasser dieser Welt behend und traulich, unermüdlich und gemächlich heimzu in die schiere Unermesslichkeit der Ozeane, die ständig von der Sonne und vom Himmel träumen. Genauso sucht die Seele sich auf allen ihren Wegen das Unendliche, um jegliche Verspanntheit und Vermummung aufzuheben. Ihre Sehnsucht strebt nach Wahrheit und Wahrhaftigkeit im Ungewissen, nach Gerechtigkeit im Weh, wie nach der Wonne des holdseligen Entsagens. Sie fühlt - und fühlt sich nur in der Gemeinschaft mit dem Unermesslichen so richtig wohl und lässt sich darin aller Lieblichkeit Bravour und Hochfahrt, Himmelstrautheit, Heiterkeit, Erlesenheit und Sanftmut wohl gefallen.

7.10
Versenkt in Meine eigenen Tiefen, triefe Ich von Wonne und Glückseligkeit im Ewig-Dauern. Dies ist der Grundgehalt, die Grazie und die Erhabenheit, worin Ich Bin und, Mich in Mir selbst bewahrend, seinsbewusst und selig wese.

Kraft in Eigenkraft Bin Ich, Gebärde der Allherrlichkeit, vom unerreichten Oben wirkend, lichter als der lichte Sonnenstrahl. Mein Bezug ist das All-Eine, überall in Meinen Geistesschoss gegeben, meine Elevation: die Null und zugleich das unendliche Erheben. Nichts und niemand ist je in der Lage, Mir den Todesstoss zu geben. Kein noch so vehementer Backenstreich vermöchte Mir nur das Geringste anzutun, weil er als Luftstreich allsogleich im Leeren sich verlöre. Ohne Mich ins Weltgetümmel und -geschrei zu mischen, halte Ich

Mein Eigensein in wunderbar bewusster Schwebe und verweile immerzu in Meiner Güte und Gelassenheit von Gottes Rang und Namen.

Welche Wirbel, Turbulenzen, Mockereien, Widrigkeiten und Radaue immer Mich durchfluten, reicht doch nichts von alledem an Mich heran, weil es, dem Seienden abhold, nicht *ist* in Meinem Sinnkreis und Gebaren.

Wesenhaft zu sein und zugleich völlig unerforschlichen Geblüts, ist Meine Stärke und der Wohllaut alles dessen, was Ich Mir zugutehalte. Klarsicht, Überlegtheit, Unbescholtenheit, Gerechtigkeit und Herzenstugend sind das Ideal, an das Ich Mich geziemend und gehörig halte, ohne je nach anderem zu schielen. Das ist unverbrüchlich nun Mein Status in der Stratosphäre Meines Sinnens und Besteh'ns, ganz rein und solitär und urweltglimmend in der glanzerfüllten Leere, die Ich Mir zum seelenvollen Aufenthalt beschwor.

7.11

Von weiblichem Charakter, Seele, strebst du ständig himmelan und trachtest danach, ewige Heiterkeit, Bewusstheit, Herzenswonne und Erhabenheit darin zu finden. Ewiges ist unermesslich grandios und reicht in Sphären der Holdseligkeit, von allen Enden zur erkenntnisreichen Mitte deiner selbst, um dort das Rätselhafte deines Lebens stilgerecht und unbekümmert aufzulösen.

So wie Ich erschweigst du dir das Recht, zu den Seinsverklärten und -bewährten zu gehören. Melde dich bei mir, wenn du den Drang verspürst nach Absolutem und Verständnisvollem in dem Reich, das du betreust und dem du vorstehst als ein Williger, Wahrhaftiger und Seelenvoller in der Weltenzeiten Kuriosum. Noch so gern will Ich Mich wie der warme Sommerwind in dir verbreiten und, in deiner Wohnstatt weilend, Meines Lehrguts goldnes Vlies beschauen. Liebelächelnd sollst du, was Ich in Mir habe, mit Mir teilen können als ein Pilgrim zur allherrlichen Bewusstheit in den Geistessphären. Nimm und sieh und staune dich begeistert selber an als Gottes- wie als Eigenwerk in Weltengründen. Redlich, gütevoll und heiter wende Ich Mich deinem Schicksal zu, wenn du nur willst an ihm zur Seelensicherheit und Gotteswürde, Himmelsweisheit und besänftigenden Seligkeit genesen.

7.12

Wie kommst du Mir bewusst und würdig, liebenswert und heiter durch die Zeit entgegen, die dich auserwählt und stählt für grandiose Gottestaten! Wie selbstverständlich ist es, dass Ich ausgerechnet dich aufs Innigste in Meinem Sinn behalte und dich rühre und berühre, bis du reif bist, Mir ganz zu gehören!

Es ist ein Affront der Geschichte wider mich, wenn so viel Ungeist herrscht und allsoviele Geister meinen, von Materie belebt zu sein in ihren Hirngespinsten. Das sei nicht deine Welle, wünsch Ich dir und schlängle Mich wie ein verliebter Aal durch dein Gedankenmuster, um dich von Meiner Gegenwart und Güte, Unersetzlichkeit und Sagenhaftigkeit zu überzeugen. Mache wett, was du vordem verspielt, indem du dich vom Goldgeriesel Meiner Worte überschütten lässest und dich wohlfühlst in ihm, als im Bade der Barmherzigkeit. An deinen Gliedern steige ein und aus in deinem Dich-Begründen und erlebe, dass es stets dasselbe ist, worin du dich befindest, nämlich das begehrenswerte Sein, das alles übertrifft, was du dir je gewünscht und angemessen hast in deiner jovialen Art, den Dingen auf den Grund und damit auf den Leim zu geh'n.

Wie kommt es, dass du Mein Mandat und Meine Mahnung nicht beachtest auf der Strecke Wegs, die Ich dir voller Hoffnung vorgegeben? Dein Seinsvertrauen liegt noch brach im Schimmer und Geschummel deiner Erdentage. Unbedingt und mutig muss es werden, dass die Geistessonne aufersteht an deinem Horizonte und die Wahrheit des Erhabenen dich gnädig überstrahlt. Es sei, dass du Mir bist das Kleinod der bewussten Engelleichte in den Gliedern der Allherrlichkeit, die Ich begründet habe. Werde dies und das, doch immer auch Mein menschengöttliches Idol in wunderbarem Selbstgenügen, wie in der Gemeinschaft mit dem Einen, das Ich Bin und dem du zugehörst, wie die gefall'ne Flocke dem hauchzarten Schnee, wie Wasserdunst dem lichten Äther, wie die Kunst zu sein den Seienden in allen Universenregionen.

Mit Weisheit taufen will Ich dich aus vollen Schalen; bewusst und leise gehe du einher auf Meinen Spuren und beglücke, was du immer kannst, mit deines, Meines Daseins, Liebesmelodie.

7.13

Randständig und verstossen musstest du dich fühlen, eh du Meiner Räume Sinn und Zweck betreten und getestet hattest. Doch nun ist um dich und in dir alles Schönheit, Licht und Frieden. Was bedeutet, dass Mein Regime restlos in dir aufgegangen und befestigt ist in wundervollen Zügen.

Was Gehalt hat, Sendung und allgöttliche Manieren, kann im Leben niemals untergeh'n. Denn Meine Werte sind ein ewiges Gemurmel von Entschiedenheit und Stärke, Pracht und Gottgefälligkeit in unerhört gediegener Manier. Was

immer du zu tun gedenkst, ist wunderbarerweis von Meiner Ratio ins Sein getrieben und verwirklicht sich in purer Herrlichkeit in Mir. Es geht ein Raunen durch die Völkerscharen, wenn sie Meinen Aufwall und Salut, Mein Ringspiel und Befördernis in dir erblicken.
Siebenselig darfst du nach der Premiere deiner Werke in Mir ruh'n, um bald darauf, mit neuem Geistesprunk versehen, vor das Publikum zu treten und vor ihm Bewusstheit, Seinsbegeisterung und Grossmut, Loyalität und Himmelslicht verströmen.

7.14

Als was Ich Bin stell Ich Mich vor in der Gemeinschaft mit Mir selbst, in wunderbar gesittetem Erröten. Willst du Mich fassen, flippe Ich gekonnt davon, bewahrst du nichts als mustergültig dargelegtes Schweigen, Bin Ich dir die Quelle reinsten Inspirierens wunderbar gefälliger Sentenzen, die es auf das Ohr und das Gemüt der gläubigen Verehrer deiner Künste abgesehen haben. So geniessest du das Vorrecht, teilzuhaben am Gedankenfelde, das Ich liebevoll und weise, genuin und leis im Andersartigen bestelle.
Was du so sinnst, ist demnach *Meines* Sinnens Ausfluss und Gelingen, Meiner Werbung Spot und Meiner Grazie Modul, an dem sich alle Welt erfreuen und aufs Schicklichste erbauen kann. Gesteh, dass es an's bare Wunder grenzt, was *Ich* dir so besage und dennoch mach Ich's möglich, akkurat, um Meinen guten Ruf in dir zu stärken und dich aufzufordern, mit ihm durch die weite Welt zu flanellieren.
Niemals schämen sollst du dich, Mein Wort und Meine Wahrheit tüchtig zu verkünden, damit die

zögernden Gemüter an ihm Halt und Stärke finden, um sich unbeschadet in die Geisteshöhen zu zieh'n.

Ich verlasse nie, was Ich geboren und schütze, was der Obhut und der Liebenswürdigkeit bedarf in Meinen Rängen und Gesängen der Allherrlichkeit, in der Ich Bin und wissend, wesentlich, begeistert und erfahren - Heil und Wohlfahrt, Toleranz und Güte, Weistum und Holdseligkeit verbreite.

7.15

Moralisches ist schwierig aufzufassen, weil es für die Menschenbürger Überwindung kostet, es verständnisvoll und liebreich auszuführen. Gerade das jedoch ist Meines Wirkens Ziel und Meines Weltseins Unterfangen, dass sich die Moral von der Geschichte überall verbreite in den kritischen Gemütern, um sie schlussends zum Guten und Verträglichen, Gerechten und Erhabenen zu führen.

Zu viel wird eine Kleinigkeit da kosten, wo ein Wirtschaftskapitän erhebliche Gewinste wittert. Unfair, unmoralisch wird er seines Weges zieh'n, von Mir verachtet und ins Geistes-Schuldenloch gestossen. Wähle du stets, was dem Ganzen frommt, in deinem Alles-Überlegen und erwirke so allgöttliches Benehmen in des Höchsten Kraft und Tugend, ewiger Jugend und Beständigkeit im sonnenglitzernden Azur.

Meide du das Linke und verlinke dich mit den Gerechten deiner Tage, um der Welt ein Beispiel der Genügsamkeit und Redlichkeit zu geben. Niemals geht es an, Mich hintergeh'n zu wollen, weil in jedem jede Tat blitzblank und offen vor Mir liegt. Sie wird unweigerlich geahndet oder reich belohnt, je nach der Qualität in ihrem Wesen. Trachte du nach Offenheit, Serenität, Starkmut und Ver- bindlichkeit und *sei* und leite dich damit zu Mir ins

Seinsbewusstsein und ins feierlich erstattete Gelöbnis Meiner Güte, Wohlgewogenheit und Minne des Gerechten deiner zu.

7.16

Unartig, brachial und liederlich sind viele Meiner Züge dort, wo Ich Mich in die Lebenswelten gebe. Das erweist sich insofern als genial, weil sich die Gegensätze ständig stimulieren zu noch höherer Bewusstheit ihrer selbst und damit zur Erkenntnis, dass das Unmoralische verliert und das Moralische als Sieger aus dem Geisteskampf hervorgeht, der da ausgefochten wird im strahlenden Allhier.

Über alles aber breitet sich das Fluidum der Gottesgnade, das Ich Bin und dem die Weltendinge Rang und Namen, Einfluss, Zielbewusstheit und Manierlichkeit verdanken. Alles, alles wird in Meinem Sinne gross, versieht sich neuer Argumente und erwählt das Bessere von dem, was sich aus tausend Variationen und Erkenntnissen ergeben.

Du mischest deine Karten und Ich mischle mit, damit das ganze räsonabel, seidenweich und tunlich sei in der Geschichte, die da abläuft in den Niederungen unter Mir. Was wahrhaft zählt, ist die Zäsur, die Ich Mir selbst im Einzelnen bereite, um Schritt um Schritt voranzukommen auf der götterlichten Bahn.

Alles, was Ich von Mir weiss, sind wesenhafte Stärke, Wohlbesonnenheit und Tiefsinn, denen Ich vertrauen kann und die Mein Ideal sind auf dem Gang in immer neue Höhen der Begeisterung am Sein und Tun und am Mein-Wesen-zur-Glückseligkeit-Geleiten.

7.17

Ich pflege einen Stil, wie ihn kein and'rer weiss zu pflegen, und das ist Meiner Abkunft zuzuschreiben, deren Ruf durch alle Geistesräume flutet, um sie schicklich, rein und gottgefällig zu erhalten. Es gibt im Grund genommen keine grössere Blamage für die Menschen, als das Götterlichte, Weltenschaffende und Stilisierende von Meiner Hand nicht einzusehn. Doch dazu muss ein Wandel des Bewusstseins breiten Anklang finden in dem Sinne, dass es anerkennt, wie sich das Weltliche beständig wandelt und aus diesem Grunde niemals *sein* kann, so wie Ich es Bin in raum- und zeitenloser Geistigkeit von unnennbar erhabenem Befinden. Was du dein eigen nennst ist somit völlig unbedeutend im Vergleich mit dem, was *Ich* zur Stelle schaffe als goldgetriebnen Wert und genialen Götterfunken, der nie angetastet oder ausgestrichen werden kann. Demnach sieh dich vor, dass Ich dich nimmer aus dem Buch der Weisheit streiche, das bestückt ist mit den Namen aller Seinsverständigen und Mich-allein-Verehrenden im Weltenhandel und Hallo. Nur allzugern will ich dich Bruder, Schwester und Gefährte nennen, in der wachen Übereinkunft, die wir miteinander pflegen. Doch muss Konsens auch deinerseits entwickelt werden, um der Evolution Beständigkeit und Würde zu verleihen. Demnach mach in diesem Sinn die Leinen los und lass dich von den Winden purer Seinsgerechtigkeit an Meine Ufer treiben. Es gilt, sich vom Gegebenen zu lösen, innerlich, um Neues aufzuspüren und schlussends zu Mir und Meiner Fülle zu gelangen, gläubig, motiviert, vertrauensvoll und heiter, seelenvoll und seinsgediegen.

7.18

Ich betone, was Ich will: Ein Volk von menschen-
freundlichen Geschwistern, das sich an die Regeln
hält, die Ich ihm auf die Lebensreise mitgegeben.
Zu deinem Kronschatz sollen sie gehören, den du
ständig hütest und begütest wie dein blitzend
Augenpaar. Die Erfordernisse aller Zeit sind darin
treulich aufgeschrieben, dass du ihrer dich
bedienen sollst, um weise, glücklich, heil und
seinsgerecht zu werden.

Konventionen sind entschieden dazu da, um in der
Menschenhemisphäre Regelmässigkeit und An-
stand, sittliches Benehmen und bewundernswertes
Wohlgefühl am Sein und Wirken anzuführen. Gott-
gefälligkeit und Herzensgüte, Milde und Beständig-
keit im Guten gehen aus dem pflichtbewussten
Ringen um Wahrhaftigkeit, Vertrauen und
Genügsamkeit hervor, die Ich mit Bedacht,
Wohlwollen und Erweckungseifer propagiere.

Hast du alles das begriffen und befördert und in
Meinem Sinn erhöht, kannst du gewiss sein, dass
Ich zu deiner Wachheit und Entschiedenheit ein
merkliches Gewinnen füge. Das zeigt Erkenntnis
dessen, was du Bist in der Gemeinschaft mit dem
Ewigen und Unvergänglichen, das deines Daseins
Wonne, Wohlfahrt und Erlaben ist, in wunderbar
gesegneter Allüre.

Gottes Freundschaft zu erwirken, sei dein Glaube
und dein Ziel, Lieblichkeit des Himmels zu
erschauen deiner Absicht Krone, Sinngedicht und
seelenvolles Ritual.

7.19

Weiteres geschieht, was Ich Mir schöpferkräftig zu
gestalten vorgenommen habe. Es erklären sich die
Himmlischen von Geistesohr zu -ohr, was sie zu tun

und zu belassen haben. So kommt es, dass die Weltendinge sich beständig wie von selbst zusammenfügen und sich dabei als wie von *einer* Warte aus gesteuert und betreut benehmen. Gerade diese aber Bin *Ich* in der Zeitenfülle und Verheissung, die Ich ständig unerschrocken weitertrage. Meines Reiches Stand und Fertigkeit ist allem, was da *ist*, zuinnerst überlegen und gehört zuallererst sich selbst, um von seinem Da-Sein meisterlich in alle Welten auszustrahlen.

Betrachte du Mein Handwerk als das Nonplusultra und die Summe allen Werkens im Allhier und ohne dass ein einziger von Meinen Geisteszügen in die Irre laufen würde, resonanzlos und steril geblieben. Fruchtig, wuchtig, tatenträchtig ist Mein Treiben, so gekonnt, dass Ich noch allem, was sich Mir entgegenstellt, die Stirne biete, bester Dinge, kraftvoll und loyal.

Niemals heisst es bei mir: Künftig will Ich's anders machen, weil in Meinem philosophischen Gerippe jede noch so kühne Seinsverbindlichkeit voll ausgedacht und ausgetragen ist. Im Gleichmass der Geschichte, die Ich väterlich und mütterlich betreibe, kommt doch alles unverblümt von Mir und steigert sich im Wollen, wie in der bedeutungsvollen Tat. Da ist nun Meine These, dass Ich Bin, ein unumstössliches und immergrünes Faktum, das voll Stolz in alle Himmel ragt und das Elysium begründet, dem Ich Mich frank und frei verschrieben habe.

In allem ist es *das*, was Ich hier Meine und was allerhöchste Sicherheit bedeutet. In der Gotteswürde Grossmanier zu *sein*, ist allem impulsiert und aufgetragen und - des Gottesreichs gewahr zu werden, jeder Lebensstunde Glorie und allen Menschseins wonnevolles Überragen.

7.20

Weder Wind noch Weh wird Mir je werden in Meinem innersten Bezirk, wo alles sich in Minne und Gelassenheit, Versöhnlichkeit und Fabelhaftigkeit vollzieht, was immer Mir zu Hand und Herz gegeben. Das Lautere bleibt an sich lauter und das Redliche bewusst, geziemend und dezent für alle Zeit, die sich das Sein zum Aufenthalt erwählt. Zu Meinem Herzenssang bedarf Ich keiner Noten. Mein Lieblingsinstrument ist das erhabne Schweigen, das sich in Mein Wonnesein verströmt, im Andersartigen.

Nicht umsonst wird von der Lieblichkeit der Wohnungen berichtet, die Mir eigen sind und deren du gewahr wirst, alsobald wie deine Sinne sich im schweigenden Betrachten liebevoll verloren haben. Mit Mir Verbundene sind, schon in der Zeit, vollends ins Ewige gebettet, das da *ist* und seine Geisteskräfte spielen lässt in hunderttausend Variationen. Daraufhin kannst du dem Lebendigen an sich unendliches Vertrauen schenken und dabei gewiss sein, dass es dir in jeder noch so heiklen Lage hilft, gestärkt und heil daraus hervorzugeh'n. Das macht die Liebe zum Geschöpflichen, die Ich beständig und geständig in Mir hege. Sorgsam fühl Ich dich in Meine Güte ein und unternehme alles, um dein Glück und deine Seelenwohlfahrt innig zu besiegeln. So geschieht es, dass Ich zugleich unermessner Hoheit Zeichen für dich bin *und* ein bewundernswerter Herzenswanderer. Was willst du mehr, als dieser Konstellation glückseliges Bewusstsein durch die Welt zu tragen und deinen Lebenslauf als wohlgerundete und seinswahrhaftige Gebärde einer Gottheit anzusehn, die weiss und will und stärkt und tröstet alles, was du Bist, um dich ins sagenhaft gefällige und wonnevolle Seinsbewusstsein zu erheben.

7.21

Delikat sind Meine Handlungen am Weltgeschehen, weil sie nur gedankenkräftig, in getragenen Majuskeln, vor sich geh'n. Muskeln hast nur du im weitgedehnten Feld von Leistung, Lässigkeit, Gewinn, Verlust und zahllos ausgeführten Gängen, die sich, weisheitsvoll von Mir gelenkt, in ein grandioses Ganzes integrieren müssen. Dein Kalender steht dabei für Tage, wichtige Termine und Gelegenheiten, dich zu profilieren und dabei im Schicksalsgang geliebt zu werden. Meiner blättert sich aus prächtigen Jahrtausenden zusammen, die sich in gerader Linie auf ein eminentes Ziel und Richtmass zu bewegen.

Möchtegerne überschätzen meistens, was sie sind in ihrem Eigendünkel, statt dem Höheren in ihrem Geistgefüge freie Bahn und Vorfahrt zu verschaffen. Hast du *Mich* erkannt in deinem Auftritt und Gehaben, stösst du dich nicht mehr an Kleinlichkeiten und erfährst dich selbst als Götterbote und genialer Springer auf dem Brett der Myriaden Möglichkeiten im Allhier? Was dir mählich dämmern soll, ist das Verpflichtet-Sein an einem Weltgeschehen von gewaltigen Dimensionen, die sich alle auf das einzige und eine, das Ich Bin, beziehen. Mach es dir zur Pflicht, dich selbst aus dieser Gotteswarte zu besehn und schon bist du Mein seinsverbündeter und vielgeliebter Partisan, an dem Ich Meine Lust, Mein Wohlgefallen und Mein universenmächtiges Befrieden habe.

7.22

Einer zählt auf Mich, ein anderer will nimmer von den Gütern dieser Erde lassen. Schabst auch du am selben Tische, ohne einen höheren Wirt in deiner Gegenwart zu sehn? Wie nützlich können dir

Betrachtungen im Sinn und Geist von Meiner Überlegenheit gedeihen. Merk auf und frage dich: Was bin ich denn in meiner Konsistenz, Lebendigkeit, Gedankenschärfe und Gefühls-betontheit im Allhier? Du wirst es nicht erraten, ohne dass du alles Rätseln aufgibst und frei heraus bekennst, dass du es so nicht wissen und erfahren kannst in deinem denkenden Juhee.

Gibst du dich hierin gänzlich auf, kann Ich in Aktion, Fürbitt und gediegnen Einstand treten. Es wallen sich und ballen sich die Geisteskräfte Meiner Provenienz gehörig und markant zusammen und drängen sich spontan in deiner Gegenwart Gefühl. Sie lassen dich erkennen, dass du Bist das Wesen der allherrlichen Bewusstheit deiner selbst in unverbrüchlicher, unsterblicher Konstanz, Glaubwürdigkeit und Eleganz von Meinem Duktus und Befehl. Das ist dann die Erfüllung des Versprechens Meinerseits, dich hoch hinaus zu heben über dein gewöhnlichen Bewusstseins Formelhaftigkeit, Banalität und Rücksichtslosigkeit dem Gottesleben gegenüber. Du weisst, dass es Mich gibt und lässest dich in einen Dialog mit Meiner Herzlichkeit und Wohlgestimmtheit ein, von dem Vetrauen, Gründlichkeit und liebevolle Zartheit ausgehn bis ins Mark deines verbindlichen und trauten Existierens.

Frägst du Mich und hörst du auf Mein leis bedingtes Rufen, geht dir am Horizont deines Gewahrens eine Sonne makellosen Sich-Verstrahlens auf, von deren Kraft, Bekenntnis, Wohlverstand und Gottgefälligkeit du munter zehren kannst. In solcher Weise nimmt die Weisheit und Beständigkeit, Erhabenheit und Würde deines Wesens ständig zu und erlangt schlussendlich reinen Gottbewusstseins eminentes Strahlen. Dein Seelenglück ist hier besiegelt und die Wonne des

Elysiums dein Teil am ganzen Wunderbaren, das da *ist* und das Ich Bin und das du Bist auf hier und ewig, jetzt und immerdar im Sein und Sinngehalt der Geisteswelten.

7.23

Ob Meinem Schützling lass Ich Gnade walten, wenn es darum geht, Vollendetes und Ungereimtes voneinander fern zu halten und das Bessere mit einem Lächeln auszuzeichnen. Lob zieht an, derweil das Tadelnde verletzt und Unmut generiert pikanterweis, wird es vor aller Ohren ausgeprochen. Hast du das begriffen, lässest du's in Meinem Namen künftig sein und erhebst die willigen Gemüter durch deinen friedevollen Ton.

Befürchtungen sind fehl am Platz, wo Ich das Schicksal mitgestalte und auf Trab erhalte, bis die Fahnen allseits auf Erfüllung, Fabelhaftigkeit, Begeisterung und Wohlgehalt am Sein und Leben stehn.

7.24

Jeder Malpensierer muss dem Ausgezeichneten und Gütevollen weichen, das Ich dir voll Grazie und Würde ins Gewissen lege. Mein Gespinst bringt dir Gewinste noch und noch in deiner lukrativen Art, auf Mich und Meinen Sang zu reagieren und alles Schiefgegangene gekonnt ins Lot zu stellen.

Wenn du nur immer willst, leih Ich dir Meines Götterwillens Remedur, um das zu klären, was dich etwa noch betrübt und allem Liederlichen Meinen Minnesang voranzustellen, damit dieser jegliches Gestöhne übertönt.

Vif und weihevoll, geziemend und urheiter soll dein spritziges Gehaben sein, um bei dir Meine Stelle zu vertreten und geweiht und schicklich noch aus jeder Situation das grosse Los zu ziehn. Ich Bin dir Bürge für so viel, was deine Menschenkräfte übersteigt und dich zum kläglichen Versager stilisieren würde. Aufbruch, Aufwall und Bedeutung ist dein blitzend Los, wo immer Meine Sicht und Sanftmut, Mein gewieftes Überschauen und Verdikt zum Zuge kommt in deinen rätselhaften Nöten. Gehabst du dich wie einer, der von Solidarität und Sinnkraft was versteht, bist du rasch ein gemachter Mann in Meiner Hemisphäre der Glückseligkeit und Wohlfahrt, Tadellosigkeit und Initiative, weltenweit gesehn. Was immer lockt, lockt sich Meiner Geistesgrösse unbedingt entgegen und gewährt dem Schülersein den Spürsinn für das Meisterliche, das Ich allzeit in Mir trage. Pflegst du Meinen Sinngehalt und Stil, bricht der Erfolg aus allen Ecken, Enden und Manövern resolut hervor und hebt dich auf den Sockel unvergänglich darge-stellten Ruhms an allem, was da für dich und die Meinen relevant ist für ein geisterfülltes, heiteres, bezauberndes und seelenvolles Leben.

Ludwig Weibel
Geboren 1933
Lebt in CH-9200 Gossau/St.Gallen
Studienabschluss als Fernmeldetechniker
Schriftstellerische Berufung zur
"Philosophie des Seins" für vife Geister.
Erstellt elegante Graphiken mit einem
Pendel-Apparat. (Siehe Buchumschlag)
Homepage: www.das-sein.ch